新 潮 文 庫

愛 の 渇 き

三島由紀夫著

新 潮 社 版

335

愛の渇き

かくてわれ……緋色《ひいろ》の獣に乗れる女を見たり

黙示録　第十七章

第一章

悦子《えつこ》はその日、阪急百貨店で半毛の靴下《くつした》を二足買った。紺のを一足。茶いろを一足。質素な無地の靴下である。

大阪へ出て来ても、阪急終点の百貨店で買物をすませて、そこから踵《きびす》を返して、また電車に乗ってかえるだけである。映画も見ない。食事はおろか、お茶を喫《の》むでもない。街の雑沓《ざっとう》ほど悦子のきらいなものはなかったのである。

もし行こうとおもえば、梅田駅の階段を地下へ降りて、地下鉄で心斎橋や道頓堀《どうとんぼり》へ出るのは造作もなかった。又もし一歩百貨店を出て交叉点《こうさてん》を横切れば、そこはすでに大都会の波打際《なみうちぎわ》であり、殷賑《いんしん》をきわめた潮《うしお》は押し迫り、路傍には靴磨《くつみが》きの少年たちが、磨かせてよオ磨かせてよオと連呼していた。

大阪の町というものを、東京に生れて育って知らない悦子は、いわれのない恐怖心をこの都会に——紳商の、ルンペンの、工場主の、株式仲買人の、街娼《ひっぱり》の、阿片《アヘン》密輸業者の、勤め人の、破落戸《ごろつき》の、銀行家の、地方官の、市会議員の、義太夫《ぎだゆう》語りの、妾《めかけ》の、しまりやの女房の、新聞記者の、寄席《よせ》芸人の、女給の、靴磨きのこの都会に――抱いていたが、その実悦子が怖がっているのは都会ではなくて、ただ単に生活そのものではなかったであろうか？　生活というこの無辺際な、雑多な漂流物にみちた、気まぐれな、暴力的な、そのくせいつも澄明な紺青《こんじょう》をたたえた海。

悦子は更紗《さらさ》の買物袋を幅広にあけた。買った靴下を袋の底へ深く蔵《しま》った。そのとき稲妻が、開け放たれた窓にはためいた。つづいて売場の硝子棚《ガラスだな》がかすかにわななくほどの厳《いか》めしい雷鳴があった。

風があわただしく入ってきて、「特売品」と書いた紙を垂れた小さな立札を倒した。店員たちが窓を閉めに走った。室内はずいぶん暗い。それは昼日中から灯《とも》っている売場の電灯が、急に輝やきを増したように思われるのでわかるのである。しかし雨はまだ来そうにない。

悦子は買物袋を腕にとおした。大まかに彎曲《わんきょく》した竹が、手首から腕をこすってずり落ちるにまかせたまま、彼女は両の掌を頬《ほお》にあてた。頬は著しく熱い。よくこういうことがある。何の理由もなく、もちろん何の病因もあるわけでなく、出しぬけに、火を放《つ》けられたように頬が燃えるのである。もともとは繊弱な彼女の掌、今はまめも出来、日焼《ひや》けをして、その底にのこる繊弱《かよわ》さのために却《かえ》って荒《すさ》んでみえだした彼女の掌は、熱い両頰にざらざらと触《さわ》った。これが一そう悦子の頰を燃え立たせた。

今なら何事もできそうな気がする。あの交叉点をわたって、まっすぐに、跳込台の上を歩くようにして歩いて、あの街の只中《ただなか》へとびこむことも出来そうな気がする。こう考えると、悦子の視線は売場のあいだをすぎる雑然とした物に動じない人の群へ注がれながら、忽《たちま》ちにして快速力の夢想に耽《ふけ》った。この楽天的な女は、不幸というものを空想する天分に欠けていた。彼女の臆病《おくびょう》はすべてそこから来るのだ。

……何が与えた勇気であろう。雷鳴だろうか。今しがた買い求めた二足の靴下であろうか。悦子は人をわけて階段へいそいだ。階段は雑沓している。二階へ下りた。そして阪急の切符売場にちかい一階の広間へ下りた。

彼女は戸外を見た。この一二分のあいだに驟雨《しゅうう》が沛然《はいぜん》と落ちていた。ずっと前から降りつづけていたように、鋪道《ほどう》はすでに濡《ぬ》れそぼって、したたかな雨脚《あまあし》をはねかえしていた。

悦子は出口へ近づいた。冷静を取戻し、安心しきって、軽い目まいのするような疲労をおぼえて近づいた。彼女は傘《かさ》をもたない。外へ出ることはもうできない。……そうではない。もうその必要がなくなったのである。

出口のかたわらに立って、彼女は雨が俄《にわ》かにかき消してゆく市内電車や道路標識や車道のむこうの店の連なりを見ようとした。雨のはねかえりが、しかしそこまで届いて彼女の裾《すそ》を濡らした。出口は騒然としていた。鞄《かばん》を頭にのせて走って来る男がある。洋装の女はネッカチーフで髪を覆《おお》ってかけて来る。まるで悦子のところへ、悦子のために馳《は》せ集まって来るようである。彼女一人が濡れていない。そのまわりはただ濡れ鼠《ねずみ》になった勤め人風の男女で一杯になった。怨《うら》み言をいい、冗談を言いながら、彼らはまた、今自分たちがその中を駈《か》けて来た雨のほうへ、多少の優越感を以《もっ》て向き直り、しばらく無言の顔がいっせいに豪雨の空へ向けられる。悦子もこれらの濡れている顔に交って雨空を仰いだ。雨は途方もない高いところから、まっしぐらに、これらの顔をめがけて、秩序正しく落ちかかってくるように思われる。雷鳴は遠のいた。豪雨の響だけが耳をしびれさせ、心をしびれさせる。時たまこれをつんざいてすぎる自動車の警笛も、駅のラウドスピーカーの割れた叫喚《きょうかん》も、この響には敵《かな》わない。

悦子は雨宿りの群を離れて、切符売場の長々とうねった無言の行列のあとについた。

阪急宝塚線の岡町駅は、梅田から三、四十分の距離である。急行はとまらない。戦災を蒙《こうむ》って大阪から移った人たちを数多く迎えた上に、町外れに府営住宅が沢山建てられたので、豊中市《とよなか》の人口は戦前に倍した。悦子の住まっている米殿村《まいでんむら》も豊中市内であり、大阪府内である。それは厳密な意味での田舎《いなか》ではなかった。
とはいうものの、少し気の利《き》いた買物を、しかも安く上げようと思えば、大阪まで一時間の余を費して出向かねばならぬ。秋の彼岸《ひがん》の中日の前の日に当るこの日の買物は、良人《おっと》の良輔《りょうすけ》の仏前に、彼の好物であったため供えようと考えた朱欒《ザボン》である。朱欒は生憎《あいにく》百貨店の果物《くだもの》売場に品切れであった。外へ出てまで買う気のなかった彼女が、良心の咎《とが》めに責められてか、それともほかの暗黙の衝動にかられてか、街中へ出てゆこうとした矢先、雨に遮《さえぎ》られた。それだけである。それ以外の何事もあろう筈《はず》がない。

悦子は各駅停車の宝塚行に乗って座席に掛けた。窓外はとめどもない雨である。前に立っている乗客がひろげている夕刊新聞の印刷インクの匂《にお》いが彼女を物思いからよびさました。うしろぐらい人のような動作で、彼女は自分のまわりを見まわした。何事もない。

車掌の吹きならす呼笛《よびこ》の戦慄《せんりつ》、暗い重い鎖がひしめき合うのに似た発車の震動、電車は単調なこうした挙動をくりかえして、駅から駅へ、大儀そうに進行した。

雨が霽《は》れた。悦子は首をめぐらして、雲間から放たれる数条の光りをじっと見戍《みまも》った。光りは大阪郊外の住宅街の群落の上に、さしのべられた白い無力な手のように落ちていた。

悦子は妊婦《にんぷ》のような歩き方をする。誇張したけだるさの感じられる歩き方をする。彼女自身はこれを意識していなかったし、注意して矯《た》める人もなかったので、その歩き方は、悪戯《いたずら》小僧が友だちの衿首《えりくび》にそっとぶらさげる紙のように、彼女の強《し》いられた目じるしになった。

岡町の駅前から八幡宮の鳥居の前をとおって、小都市のこまごました繁華街をぬけて、ようやく家並まばらなあたりへ来ると、この緩慢な足取のおかげで、暮色がすでに悦子を包んだ。

府営住宅の家群《いえむら》は灯《ひ》をともしていた。夥《おびただ》しい数の、同じ形の、同じ小ささの、同じ生活の、同じ貧しさの、殺風景なこの部落は、そこを通る道が近道であるにもかかわらず、いつも悦子によって避けられた。あからさまに覗《のぞ》かれるそれらの室内、安物の茶簞笥《ちゃだんす》、卓袱台《ちゃぶだい》、ラジオ、めりんすの座蒲団《ざぶとん》、時には隅々《すみずみ》まで目に映る貧しい食事、その夥しい湯気、どれ一つとして彼女を怒らせないものはない。およそ幸福に対する想像力しか発達していない彼女の心は、それらに貧しさを見ず、幸福だけを瞥見《べっけん》した。

道は暗み、虫が鳴きはじめ、水溜《みずたま》りがそこここに瀕死《ひんし》の夕あかりを映して横たわっていた。左右は湿気をふくんだ微風にゆすられている稲田である。暗い澎湃《ほうはい》としたものを包んでいる田、そのうなだれた稲穂は、昼間の稔《みの》りの輝やかしさにも似ず、喪心した植物の数かぎりない集まりのように見えた。

田舎に特有の退屈な無意味な迂路《うろ》をめぐって、悦子は小川のほとりの小径《こみち》へ出た。このあたりはすでに米殿村の領域である。小川と小径の間に竹藪《たけやぶ》がつづいている。この地方から長岡へかけては孟宗竹《もうそうちく》の産地として名が高いのだ。竹藪の断《き》れ目が、小川にかけられた木橋をわたる小径の所在を示す。悦子は木橋をわたり、元の小作人の家の前をすぎ、楓《かえで》やさまざまな果樹のあいだを、茶樹《ちゃのき》の垣根《かきね》に囲まれて迂回して上ってゆく石段を登りきり、一見したところ別荘風な、その実主人の抜け目のない節倹精神のおかげで、目立たぬところには甚《はなは》だ雅趣を欠いた安材木の使われている杉本家の内玄関の引戸をあけた。奥の部屋で義理の妹である浅子の子供たちの笑い声がする。

また子供たちが笑っている、何だってあんなに笑うのだろう、あんな傍若無人《ぼうじゃくぶじん》な笑いを許してはおけない、……悦子は何の決断もなしにそんなことを考える。買物袋を敷台に置いた。

杉本弥吉《やきち》が米殿村に一万坪の地所を買ったのは昭和九年である。関西商船を引退する五年前のことである。

弥吉は東京近郊の小作農の息子から身を起し、苦学力行して大学卒業後、当時堂島に在《あ》った関西商船大阪本社に入社し、東京から妻を迎え、生涯《しょうがい》の大半を大阪で送りながら、三人の息子の教育は東京で享《う》けさせた。昭和九年、専務取締役、昭和十三年、社長になり、翌年勇退した。

たまたま旧友が死んでその墓参に行った杉本夫妻は、服部《はっとり》霊園と名附けられる新しい市営の墓地をめぐる土地の起伏のやさしさに魅せられ、人にたずねて米殿村の名をはじめて知った。竹藪や栗林《くりばやし》に覆われた斜面を含む果樹園にも恰好《かっこう》な地所を物色し、昭和十年にここに簡素な別荘を建てた。同時に果樹の栽培を園芸家に委嘱した。

が、一向それは息子や妻が期待したような別荘らしい有閑生活の根拠地とはならず、家族を従えて週末ごとに大阪から自動車で来て、日光に親しみ畑いじりをたのしむための足がかりとなったにすぎなかった。無気力なディレッタントの長男はこうした健全な父親の趣味にせい一杯の反対を唱えたし、しんそこから軽蔑《けいべつ》も感じていたが、結局いつも父親に引きずられるたちの謙輔《けんすけ》は、不承々々弟たちと一緒に鍬《くわ》を動かした。

大阪の実業家のうち、その持ち前の吝嗇《りんしょく》に、上方風《かみがた》の生活力と表裏一体をなすところの陽気な厭世《えんせい》哲学の裏附があるものは、名高い海浜や温泉地に別荘をもとめずに、土地も安く附合《つきあい》も金のかからない山間僻地《へきち》に家を建てて、畑いじりをたのしもうとする人が少なくないのである。

杉本弥吉は引退してのち生活の本拠を米殿へ移した。米殿の語源はおそらく米田である。太古は海に覆われていたらしいこの地方の地味ははなはだ豊かで、一万坪の土地はさまざまな果実や野菜を産した。小作人の一家と三人の園丁が、この素人《しろうと》園芸家をたすけて働らいたので、数年のちには杉本家の桃は市場でとりわけて珍重されるまでになった。

杉本弥吉は戦争を白眼視して暮したが、それは一風かわった白眼視の仕方であって、都会の奴等《やつら》には先見の明がなかったからまずい配給物で我慢したり高い闇米《やみごめ》を買わねばならないので、儂《わし》には先見の明があったからこうして悠々《ゆうゆう》と自給自足の生活ができるのだというのであった。こんな調子ですべてを先見の明の功徳《くどく》に帰すると、よんどころなく引退した会社のことまでが、先見の明でやめたような気がして来て、引退した事業家が嘗《な》めねばならぬあの苦痛と倦怠《けんたい》、ほとんど虜囚《りょしゅう》が嘗めるにひとしい苦痛と倦怠をも、どこかへ置き忘れた面持《おももち》だった。別に怨《うら》みもない人の悪口を面白半分に言うようにして、彼は軍部を悪《あ》しざまに言った。その悪口は、老いた妻の急性肺炎のために軍医学の発明にかかるという新薬を大阪軍司令部の友人からとりよせたのが、一向効目をあらわさないで彼女を殺してしまったことでいよいよ募った。

彼は手ずから草を刈り、手ずから耕した。百姓の血がよみがえって、田園趣味は一種の情熱になった。妻も見ていず、社会も見ていない今となっては、手洟《てばな》をかむことさえ敢《あえ》て辞さなかった。金鎖や律儀《りちぎ》なチョッキやサスペンダアにいじめつけられた老いた肉体の奥底から、百姓風の骨格が浮き出て来、手入れのよすぎた顔の下から、百姓の顔が丸出しになった。これを見れば、輩下をあれほど怖《おそ》れさせた怒《いか》った眉《まゆ》や炯々《けいけい》たる眼光も、実は年老いた農夫の顔の類型の一つだとわかるのであった。

いわば弥吉は、生れてはじめて土地を持ったのである。これまで彼は十分宅地の持主ではありえたし、この農園も今までの彼の目には宅地の一種としか映らなかったのが、今や一つの「土地」として見えだしたのである。土地という形でしか所有の概念を理解しない本能がよみがえって来て、彼の生涯の業績を、はじめて確実な形で手にふれさせ心にふれさせるように思われた。成り上り者特有の心の動きで、父を蔑《さげす》み祖父を呪《のろ》っていた感情の源は、彼等が一坪の土地ももたなかったということに尽きるように今では思われた。弥吉は復讐《ふくしゅう》に似た愛情から、郷里の菩提寺《ぼだいじ》に馬鹿《ばか》でかい先祖代々の墓を建てた。はからずも先ず、良輔がここへ入った。こんなことならお隣りの服部霊園に建てておけばよかったのだ。

まれに下阪の都度訪ねて来る息子たちは、こうした父親の変貌《へんぼう》を理解しなかった。長男の謙輔、次男の良輔、三男の祐輔《ゆうすけ》おのおのの心にある父の映像は、多少のちがいこそあれ、死んだ母親の手で育《はぐ》くまれた映像であった。東京の中流出の通弊を身につけた彼女は、上流めかした実業家の仮装をしか良人に許さなかった。彼女は死ぬまで良人が手洟をかむことを禁じ、人前で鼻くそをほじくることを禁じ、舌鼓を打ってスープを啜《すす》ることを禁じ、火鉢《ひばち》の灰に痰《たん》を吐くことを禁じた。これらはむしろ社会の寛容に委《ゆだ》ねられれば、豪傑肌《ごうけつはだ》の愛称のよりどころにもなりうる悪癖の数々である。

息子から見た弥吉の変貌は、何かいたましい、愚かな、つぎはぎだらけの変貌であった。意気壮《さか》んな様子は関西商船の専務時代が又かえって来たかのようであったが、このたびはあんな事務的な柔軟さは失われて、唯我独尊《ゆいがどくそん》の甚だしきものだった。それはいちばん、野菜泥棒《どろぼう》を追いかける百姓の怒声に似ているのであった。

畳二十帖《じょう》敷ほどの応接間に弥吉の青銅の胸像が飾ってある。関西画壇の重鎮の筆に成る油絵の肖像画が懸《かか》っている。この胸像も肖像画も、大日本××株式会社五十年史と謂《い》った浩瀚《こうかん》な頒布《はんぷ》本の巻頭に並んでいる歴代社長の写真にあるような、一種の様式にもとづいて描《か》かれていた。

息子たちがつぎはぎだらけと感じたのは、こうした胸像のポーズに見るような徒《いたず》らな意地っ張り、対社会的なポーズの気取った誇張が、この田舎老爺《ろうや》の内にもなお根を張っていたからで、田舎の有力者風な泥くさい尊大さで吐かれる軍部の悪口は、まじめな村人たちからは憂国の至情ととられ、一そうの尊敬を買うのであった。

こんな弥吉を鼻持ちならないものに考えていた長男の謙輔が、却《かえ》って誰《だれ》よりも早く父親のもとへ身を寄せる成行になったのは皮肉である。彼は無為徒食に暮して、持病の喘息《ぜんそく》から応召も免《まぬ》かれていたのが、徴用だけは免かれそうもないとわかって、あわてて父の口ききで米殿村の郵便局へ先手を打って徴用してもらったのであった。細君同伴で引越してきたからには、何らかのいざこざも起るべき筈だったが、謙輔は傲慢《ごうまん》な父親の専制をひょうたんなまずに受け流していた。こういう点にかけては彼のシニックな天分は、十全に発揮された。

戦争がはげしくなると、はじめ三人いた園丁はのこらず出征して、その一人の広島県の青年の生家が、小学校を出たばかりの弟を代りに寄越した。三郎というこの子供は、母親ゆずりの天理教信者で、四月と十月の大祭には、天理の信者合宿で母親と落ち合って、背中に白く天理教と染め抜いた法被《はっぴ》を着せられて、「御本殿」へ詣《もう》でるのであった。

……悦子は敷台に買物袋を置いて、その反響をためすように室内の夕闇《ゆうやみ》を見透かした。間断なく子供の笑い声がひびいている。笑い声と思われたのは、よくきくと泣声である。それが森閑とした室内の闇をゆすっている。炊事をしている浅子が、放ったらかしにしたのであろう。シベリヤからまだ還《かえ》らない祐輔の妻である彼女が、二人の子供を連れてここへ身を寄せたのは昭和二十三年の春だったから、それは悦子が良人《おっと》を失《な》くして弥吉の招きでここへやって来た丁度一年前のことである。

悦子は六畳の自分の部屋へ行こうとして、ふと見ると、欄間に灯《ひ》がともっている。消しわすれたおぼえはない。

障子をあける。机にむかって何かに読み耽《ふけ》っていた弥吉は、おびえたように嫁のほうをふりむいた。腕のあいだからちらと覗《のぞ》かれた赤い背革を見れば、彼が読んでいたのは悦子の日記帳だとすぐにわかった。

「ただいま」

悦子は明るい快活な声でこう言った。目前の不快な出来事にもかかわらず、事実彼女の顔は、ひとりでいるときとは別人のようであり、動作もまた娘のようにきびきびしていた。良人を失くしたこの女は、いわゆる「人間が出来ていた」のである。

「おかえり。遅かったね」──『早かったね』と正直に言いそびれて、弥吉はそう言った。

「すっかり腹が減ってしまった。今、手もちぶさたに、お前の本を借りて読んでいたんだよ」

彼がさし出してみせる本は、いつのまにか日記帳とすりかえられた小説本で、悦子が謙輔から借りた飜訳《ほんやく》小説であった。

「儂《わし》にはむつかしくて、何のことだかわかりはせん」

農耕用の古いニッカボッカを穿《は》き、軍隊式ワイシャツの上に古い背広のチョッキを羽織っている弥吉の身装《みなり》は、ここ数年来変りはなかったが、その卑屈なほどの謙虚さは、戦争中の彼、悦子が知らない彼と比べると、甚《はなは》だしい変化である。のみならず肉体の衰えもあらわれて、眼差《まなざし》は力を失い、傲岸《ごうがん》に結ばれていた唇《くちびる》はやや締りをなくしていた。そして話すにつれて、馬のように白い唾《つば》の泡《あわ》が、口の両はじに溜《たま》った。

「朱欒《ザボン》ございませんでしたのよ。ずいぶん探しましたのに、ございませんでしたわ」

「そりゃ、残念だった」

悦子は畳に坐《すわ》って帯に手をさし入れた。歩行のほてりで、帯の内側は室《むろ》のように体温が籠《こも》っている。彼女は自分の胸が汗ばんでいるのを感じた。寝汗のような密度の濃い冷《さ》めはてた汗。まわりの空気を匂《にお》わすほどに漂い出ながら、それ自身は冷《さ》めはてた汗である。

体じゅうを不快に緊縛するものがあるように感じられる。彼女は坐っている体を不意に崩《くず》した。彼女のこういう瞬間の姿態は、よく知らぬ人には誤解の種になりかねなかった。弥吉も何度かそれを媚態《びたい》ととりちがえた。しかしそれが彼女のひどく疲れているときに無意識にする仕草とわかって、そんな時には手出しをすることは差控えた。

彼女は体を崩して足袋《たび》を脱いだ。足袋にははねが上っている。足袋の裏は薄墨いろに汚れていた。弥吉は言葉の継穂《つぎほ》を探しあぐねて、こんなことを言った。

「大そう汚れたね」

「ええ、道が悪うございましたから」

「ひどい雨だった。大阪のほうも降ったかね」

「ええ、阪急で買物をしておりましたときに」

悦子は又しても思いうかべた。耳も聾《ろう》せんばかりの豪雨の響と、世界中が雨になったようなあの密閉された雨空と。

彼女は黙っている。彼女の部屋はここだけしかない。弥吉の目の前で、頓着《とんじゃく》なく着物を着かえた。電力が乏しいので、部屋の電灯は甚だしく暗い。黙っている弥吉と黙って動いている悦子とのあいだに、解かれる帯のあげる絹の軋《きし》り音《ね》だけが生物《いきもの》の叫びのようにきかれた。

弥吉は永く沈黙に耐えていることができない。彼は悦子の無言の非難を感じていた。食事の催促を言い置いて、廊下一つへだてた自分の八畳へかえって行った。

悦子は不断着の名古屋帯を結びながら、机のそばへ行って、片手はうしろへ廻《まわ》して帯を押えながら、片手でものぐさらしく日記帳の頁《ページ》をめくった。するとその唇にすこし意地のわるそうな微笑がうかんできた。『お舅《とう》さまはこれが私の贋物《にせもの》の日記だと御存知ない。これが贋物の日記であることを誰《だれ》が知ろう。こうまで人間が自分の心を巧みに偽われるものだと誰が想像することができよう』

丁度きのうの頁がひらかれた。暗い紙面へ悦子は顔をうつむけて読んだ。

九月二十一日（水曜）
今日一日は何事もなくおわった。もう残暑の息苦しさもなく、庭は虫の音でいっぱいである。朝、配給のお味噌《みそ》をとりに村の配給所へゆく。配給所の子供が肺炎にかかって、やっとペニシリンが間に合って、助かりそうだという。ひとごとながら、胸をなでおろす。

田舎ぐらしには単純な心が必要だ。どうやら私もその修業を積んで一人前になった。退屈ではない。もう退屈しない。もう決して退屈しない。農閑期のお百姓ののどかな安息の気持がこのごろの私にはわかる。お舅《とう》さまのおおらかな愛に包まれて、私はなんだか十五六の昔に還《かえ》ったような気持だ。

この世の中では単純な心、素朴《そぼく》な魂、それだけがあれば十分だと思う。それ以外のものは必要がないように思う。この世の中では自分の体を動かして働らく人だけが必要で、都会ぐらしの沼のような心の懸引はいずれ滅びてしまうものだと思う。私の手にはまめが出来た。お舅さまも褒《ほ》めて下さったけれど、これは本当の人間らしい手になったということだ。私は怒りを知らなくなり、憂鬱《ゆううつ》を知らなくなった。あれほど私を苦しめた不幸の思い出、良人の死の思い出が、このごろではさほど私を苦しめなくなった。秋の豊かな日ざしに和《なご》められて、私の気持は寛容になり、何事にむかっても感謝したい心地がする。

Sのことを思う。あの女《ひと》は私と同じような境遇にいて、私の心の伴侶《はんりょ》になってくれる。あの人も良人を失くした。あの人の不幸を思うと、私も慰められる。Sは本当に気持のきれいな単純な美しい心を持った未亡人だから、いずれ再縁の話があるにちがいない。その前にゆっくり話し合いたいと思うのに、東京とこちらでは会う機会がなかなか得られない。手紙一本でもよこしてくれるといいのだが……。

『頭文字《かしらもじ》は同じでも、女に変えてあるからわかりはしない。Sという名が頻繁《ひんぱん》に出て来すぎるが、証拠がないものを、怖《おそ》れることはない。これは私にとって贋物の日記だ、しかし人間は贋物になりきれるほど正直でもありえない。……』

彼女はあんな偽善を書きしるしたときの本心をなぞって、心の中で書き直してみた。

『書き直して見たところで、これが私の本心というわけじゃあない』

こう言訳しながら、書き直してみたのである。

九月二十一日（水曜）

苦しい一日がおわった。どうして又この一日を送ることができたか自分でも不思議に思われる。朝、配給のお味噌をとりに村の配給所へゆく。配給所の子供が肺炎にかかって、やっとペニシリンが間に合って、助かりそうだという。残念だこと！　蔭《かげ》へまわっては私のことを悪《あ》しざまにいうあのお内儀《かみ》さんの子供が死んでくれたら、多少の慰めにもなったであろうに。

田舎ぐらしには単純な心が必要だ。それなのに、杉本家の人たちは腐敗した柔弱な傷つきやすい見栄坊《みえぼう》な心で田舎ぐらしをますます苦しいものにしているのだ。私とて単純な心を愛する。単純な体に宿った単純な魂ほど、この世で美しいものはないとさえ思われる。しかし私の心とそういう心との深い隔たりの前に立っては何が出来よう。銅貨の裏側が表側に達しようとする努力ほど辛《つら》い苦しいものがどこにあろう。一番簡単な方法は穴のない銅貨に穴をあけてしまうことだ。それは自殺だ。

私はしばしば身を賭《か》けるような決心で近づいてゆく。相手は逃げてしまう。相手はどこまでも無限のかなたへ逃げてしまう。そうしてまた、私は一人、退屈の中にとりのこされる。……

私の手の指のまめ、それは愚かな茶番だ。

……しかし物事をまじめに考えすぎないことが悦子の信条であった。素足で歩いては足が傷ついてしまう。歩くためには靴《くつ》が要るように、生きてゆくためには何か出来合いの「思い込み」が要った。悦子は頁を無意味にめくりながら、心にひとりごとした。

『それでも私は幸福だ。私は幸福だ。誰もそれを否定できはしない。第一、証拠がない』

彼女は仄暗《ほのぐら》い頁を先のほうへめくった。白い頁がまだ続いている。まだ続く。そしてやがてこの倖《しあわ》せな日記の一年がおわる。……

杉本家の食事は奇妙な慣習をもっていた。二階ずまいの謙輔夫婦、階下の一角の浅子と子供たち、別の一角の弥吉と悦子、女中部屋の三郎と美代《みよ》、この美代が四組の飯《めし》炊《た》きを引受ける以外は、惣菜《そうざい》は四組がおのおの別々にこしらえて、別々に食事をした。こんな奇妙な慣習はそもそもが弥吉のエゴイズムから生れたもので、彼はほかの二家族には月々なにがしの生活費を宛《あて》がってその範囲内で遣繰《やりくり》するように任せていたが、自分だけはそんな切り詰めた献立の御附合をするいわれはないと考えた。良輔が死んでから寄辺《よるべ》のない悦子を呼びよせたのは、彼女の料理の腕を見込んでのことにすぎない。それは単純な動機にすぎなかった。

果実や野菜の収穫のうち、弥吉は最上のものだけを自分のためにとっておき、のこりを他の家族に配分した。栗《くり》のうちでもいちばん美味な芝栗の樹は、弥吉だけがその実を拾う権利があった。他の家族は拾ってはならない。ただ悦子一人が弥吉の分け前にあずかるのであった。

こんな大々的な特権を悦子に与えようと決心したとき、すでにして弥吉の内には、何ほどかの下心が動いていたのかもしれなかった。最上の芝栗、最上の葡萄《ぶどう》、最上の富有柿《ふゆうがき》、最上の苺《いちご》、最上の水蜜桃《すいみつとう》の分配にあずかる権利は、どんな代償にも価《あた》いするようにつねづね弥吉には思われた。

悦子が来て匆々《そうそう》、この特権は他の二家族の嫉妬《しっと》と羨望《せんぼう》の的になったが、嫉妬と羨望は忽《たちま》ち悪意ある臆測《おくそく》を考え出した。そしてこの甚だ尤《もっと》もな蔭口は、一種の暗示を及ぼして、弥吉の行動を左右するにいたったかのようだった。ところが事の成行があんまりお誂《あつら》え向きに臆測を裏書するのを見ると、却《かえ》って言い出した当人も信じがたくなるのであった。

良人を失って一年とたたない女が、何だって良人の父親に身を委《まか》す気になったのであろう。まだ年とても若く、再婚も十分考えられるあの人が、何だってわれから自分の後半生を葬《ほうむ》るような挙に出たのであろう。あんな六十の坂をこえた老人に、何がよくって身を委せる気になったのだろう。身寄りのない女だというが、このごろ流行《はやり》の、ねもす行きつ戻りつしている一羽の走禽類《そうきん》のようであった。

「喰《く》わんがために」やったことだろうか？

さまざまな揣摩《しま》臆測が再び悦子のまわりに物見高い垣根《かきね》をつくった。悦子はこの垣のなかを、退屈そうに、ものうげに、しかし人目をかまわぬ闊達《かったつ》なしどけなさで、ひねもす行きつ戻りつしている一羽の走禽類のようであった。

謙輔と妻の千恵子は二階の居間で夜食をとっていた。良人の犬儒派《けんじゅは》ぶりに共鳴を感じて結婚した千恵子は、共鳴の動機それ自体に自在な脱《ぬ》け道がそなわっている結果、謙輔の度外れな無為無能を見ても、ついぞ結婚生活の幻滅というものを感じないで来られた女である。この薹《とう》の立った文学青年と文学少女は、「この世の最大の愚行は結婚である」という信念の下に結婚したのであった。そのくせいまだに二人は、二階の出窓に並んで腰かけて、ボオドレエルの散文詩を音読したりしていることがあった。

「親爺《おやじ》も可哀想《かわいそう》に、あの年になって苦労の種子《たね》がつきないね」と謙輔が言った。「さっき悦ちゃんの部屋のまえをとおったら、留守の筈《はず》なのに灯《あか》りがついているんだ。足音を忍ばせて入って行ったら、何と親爺が一心不乱に悦ちゃんの日記を盗み読みしているんだ。僕《ぼく》がうしろに立っているのも気がつかないほど熱心にね。僕が声をかけたので、親爺さん、飛び上らんばかりにおどろいたね。それから威厳を取戻して僕をにらみつけたよ。その怖い顔と云《い》ったら、怒っている親爺の顔が怖くて見ていられなかった子供のころを思い出したほどだったね。それからこう言うんだよ。日記を見ていたことを悦子に言いつけでもしたら、お前たち夫婦をこの家から追い出すからな、だとさ」

「お舅《とう》さまは何が心配におなりになって日記なんか御覧になったんでしょう」

「悦ちゃんが近ごろ何とはなしに落着かなくなったのを気にし出したんだろう。しかしまだ親爺は悦ちゃんが三郎に惚《ほ》れているとは気がつかんだろうな。僕はそう睨《にら》んでいるんだ。利口な女だから日記なんかでぼろは出しはすまいよ」

「三郎なんて、あたくし信じられないわ。でもあなたの眼力にはいつも敬服しているから、そういうことにしておいてもいいわ。悦子さんもはっきりしない人ねえ。言いたいことを言って、やりたいことをしていれば、あたくしたちも応援するし、あの人だって気が楽になるでしょうに」

「そう口で言うように行かないところが面白《おもしろ》いのさ。親爺だって悦ちゃんが来てからまるで意気地がなくなってしまったじゃないか」

「いいえ、お舅さまが意気沮喪《そそう》なすったのは農地改革以来よ」

「そういえばそうだね。親爺は小作人の倅《せがれ》だから、自分が『土地をもっている』という事実に気がついてからというもの、兵隊が下士官になったように威張り出して、土地をもたない人間が土地をもつようになるためには、誰でも汽船会社に三十何年つとめて、その上社長にまでならなければならんという珍妙な処世訓をつくり上げたのさ。このプロセスをなるたけ難行苦行で飾り立てて考えるのが親爺の道楽だったのだからね。戦争中の親爺の勢いと来たら大したもので、株で儲《もう》けた狡猾《こうかつ》な昔友達のことを話すような調子で東条の噂《うわさ》をしていたが、それをまた郵便局員の僕が畏《かしこ》まって拝聴したものだよ。そりゃあ親爺は不在地主ではなかったから、終戦後の農地改革でこの土地が蒙《こうむ》った損失は大したものじゃなかったけれど、小作人の大倉なんて奴《やつ》が、捨値で買った土地の持主になったことが大へんな打撃だったんだな。こんなことなら儂《わし》は六十年も苦労しやしなかった、というのがあれ以来の親爺の口癖だものな。何にもしないで土地の持主になる奴がうじゃうじゃ出て来ては、親爺の存在理由は失くなったようなものだからなあ。あれで親爺はとてもセンチメンタルなところがあって、今度は自分が時代の犠牲者だという気分がひどくお気に召しているところがあるんだ。あのいちばんひどい意気消沈の最中に戦犯逮捕令でも来て巣鴨《すがも》へ連れて行かれたら、どんなに若返ったか知れはしないね」

「悦子さんは何と言ってもお舅さまの圧制をほとんど知らないんだから倖せだわ。あの人はずいぶん陰鬱《いんうつ》なところとずいぶん朗らかなところとがちゃんぽんのような人だけれど、三郎のことは別として、旦那《だんな》様の喪も明けないうちにお舅《しゅうと》さんの恋人になったなんて、あれだけはどう考えても不可解だわね」

「いやあれで案外単純な脆《もろ》い女なんだよ。風に決して逆らわない柳みたいな女で、盲目滅法《めくらめっぽう》に貞節を守っているものだから、いつのまにか相手がちがっているのに気がつかないのだ。埃《ほこり》っぽい風のなかで吹きとばされて、良人だと思ってしがみついている男が別人だったりしてね」

謙輔は不可知論に縁のない懐疑派で、人生に甚だ透明な見解をもっていることを自慢にしていた。

……夜が来ても三家族はよそよそしくすごした。浅子は子供にかまけている。早寝の子供の添寝をしていて眠ってしまう。

謙輔夫婦は二階から下りて来ない。二階の窓硝子《まどガラス》のかなたに、府営住宅の遠い灯《ひ》の砂がばらまかれている緩丘がみえる。そこまでは暗い海のような田圃《たんぼ》のひろがりがあるだけなので、その灯火は島の海ぞいの町の灯のように見え、その町には荘厳な賑《にぎ》わいが絶えないように思われる。その町には静かな宗教的な会合があって、身じろがぬ人たちが灯下に恍惚《こうこつ》と法悦にひたっているようにも想像され、沈黙のうちの、丹念で冷静な、大へん永い時間のかかる殺人が、灯下に仕遂げられつつあるようにも空想される。あそこにはここよりも更に単調な、更にみすぼらしい生活しかないことが、はっきりとわかっているのに。――府営住宅もこのような灯の集まりとして見られれば、悦子の心を嫌悪《けんお》に誘うようなことはあるまい。それらの夥《おびただ》しい灯は、丁度光る羽虫の群が、朽木《くちき》に蝟集《いしゅう》して、ひっそりと羽根を休めているようにもみえる。

時折阪急電車の汽笛がひびきわたって、夜の田園のおちこちに谺《こだま》した。そんな時、電車は非常な速さで自分の巣へかえってゆく兇暴《きょうぼう》な鳴声の痩《や》せたすらりとした夜の鳥の数十羽を、一せいに放鳥してすぎるように思われる。汽笛の羽ばたきは夜気をわななかす。その声におどろいて見上げると、きこえない遠雷の仄《ほの》めきが、夜空の一角に紺青を掃いて消えるのもこの季節であった。

夜の食事のあと床に就《つ》くまで、悦子と弥吉のいる部屋へ訪ねてくる人は誰もない。もとは謙輔が暇つぶしに話しに来たことがある。浅子が子供をつれてやって来たことがある。皆が集まって賑やかに夜をすごしたことがある。しかし次第に弥吉の渋面が露骨になったので、皆の足が遠のいた。弥吉は悦子との二人きりの数時間に邪魔を入れられたくなかったのである。

と謂《い》って、そのあいだ何をするというわけではない。碁を打ってすごす夜が時折あった。悦子は弥吉から囲碁を教わった。弥吉は若い女に誇示して教えることのできる芸をこの他《ほか》には知らなかった。今晩も二人は碁盤を囲んだ。

悦子の指は、爪《つめ》にさやる碁石の酷薄な重みがうれしさに、たえず碁笥《ごけ》のなかをまさぐっていたが、その目は憑《つ》かれたように碁盤の上を離れなかった。これを見れば並外れた熱中の体《てい》だったが、彼女は碁盤の目の黒い確実な線の交わり合い、何の意味もないこの正確さに魅せられていたにすぎなかった。弥吉にも悦子の熱中が碁のためかどうか怪しまれることがある。彼は自分の目の前で、羞《は》ずかしげもなく、はしたない放心の愉楽に耽《ふけ》っている一人の女の、薄くあけた口もとを、そのすこし蒼《あお》ざめてみえるほどに白い犀利《さいり》な歯を見た。

彼女の碁石は時折音高く盤上を打った。まるで何かを打ち据《す》えるように。おそいかかる猟犬を打ち据えるように。……そういう時、弥吉は胡散《うさん》くさそうに嫁の顔をぬすみ見ながら諭《さと》すように穏和な差し方をした。

「大したいきおいだね。まるで宮本武蔵《むさし》と佐々木小次郎の巌流島《がんりゅうじま》の果し合いだね」

悦子の背後で廊下を踏みしめる重々しい足音がきこえる。それは女の足音のように軽くもなく、中年の男の足音のように鬱陶《うっとう》しくもない。若々しい熱い重量が蹠《あしのうら》に懸っていて、それがこの暗い夜の廊下の板にきしめきを、あたかも呻《うめ》きか叫びのようなきしめきを挙げさせるのだ。

悦子の碁石をさす指が停滞した。彼女の指は辛《かろ》うじて碁石に支えられていると言ったほうが適当である。われにもあらず慄《ふる》えだす指を碁石にしっかりと縛りつけておかねばならぬ。そのために悦子は長考を装った。しかし難かしい石ではない。舅にこの不相応な長考を疑わしく思われてはならない。

障子があいて三郎が顔だけさし入れて膝《ひざ》まずいたままこう言うのを悦子はきいた。

「おやすみなさいませ」

「ああ」

弥吉はうつむいて碁石をさしながら答えた。悦子はその頑《かたく》なな節くれだった老いて醜い指を見つめている。三郎に答えもしない。障子のほうをふりむきもしない。障子がしまった。足音が、美代の寝間と反対の方角の、西向きの三畳の寝間のほうへ去った。

第二章

犬の遠吠《とおぼ》えは田舎《いなか》の夜を物凄《ものすご》いものにする。裏手の物置にセッター種の老犬マギがつながれている。果樹園につづく疎林《そりん》のなかを野犬の一群が通りすぎることがある。マギは聴耳を立てて、おのれの孤独を訴えるような、あの長いおぞましい遠吠えを挙げるのであった。野犬が笹《ささ》むらをざわめかせて立止ってこれに応える。耳ざとい悦子《えつこ》は、目をさまされた。

寝入ってようやく一時間をすぎたばかりである。朝が来るには、まだ義務のような長い眠りが要る。悦子は明日《あした》に繋《つな》ぐべき希望を探した。何か、極く小さな、どんなありきたりな希望でもよい。それがなくては、人は明日のほうへ生き延びることができない。明日にのこっている繕いものとか、明日立つことになっている旅行の切符とか、明日飲むことにしてある罎《びん》ののこりの僅《わず》かな酒とか、そういうものを人は明日のために喜捨する。そして夜明けを迎えることを許される。悦子は何を喜捨しよう。そうだ、彼女は二足の靴下《くつした》を、紺の一足、茶いろの一足を喜捨しよう。あの二足を三郎に与えることが、悦子にとっては明日の全部である。信心ぶかい女のように、悦子はこの希望のもっているからっぽで清浄な意味を見出《みい》だした。彼女はこの二本のかよわい縄《なわ》、紺と茶いろのかよわい縄にすがって、何か不可解な、でぶでぶした、真暗な、暗澹《あんたん》たる軽気球のような「明日」にぶらさがって、何処《どこ》へ行こうとするのか考えない。考えないことが悦子の幸福の根拠であり、生存の理由であった。

悦子の全身は、今もって、弥吉《やきち》の頑《かたく》なな節くれだった乾燥した指の触覚に包まれていた。一二時間の睡眠でそれは拭《ぬぐ》い去られはしない。骸骨《がいこつ》の愛撫《あいぶ》をうけた女は、もうその愛撫からのがれることはできない。悦子の全身には、蝶《ちょう》が脱ぎ去らんとしている蛹《さなぎ》の殻《から》よりもさらに薄い、或《あ》る目に見えない絵具を塗られたあとのような、生乾《なまがわ》きの、透明な、皮膚の上の仮想の皮膚の感触がのこっていた。身うごきするとそれが闇《やみ》のなかで一面にひびわれるさまが目に見えるようだ。

悦子は闇に次第に馴《な》れた目であたりを見廻わした。弥吉はいびきもかかない。彼の毛を剃《む》いた鳥のような項《うなじ》がほの見える。棚《たな》の上で時計の時を刻む音が、床下のあたりで蟋蟀《こおろぎ》の声が、この夜にわずかに此《こ》の世のものらしい輪廓《りんかく》を与えている。そうでなければ、この夜は、これはもう此の世のものではない。悦子にのしかかり、悦子を寒天の中におちた蠅《はえ》のように、凝固の恐怖に追いやって省みない夜は。

悦子は辛うじてすこし首をもたげた。飾り棚の扉《とびら》の螺鈿《らでん》が青く光っている。……瞼《まぶた》がめり込むほどに彼女は目をとじた。記憶が返って来た。わずか半年前のことである。この家へ来て間もないころ一人で散歩に出かけてばかりいた悦子は、変り者と村人たちから早速呼ばれた。それでもかまわずに、悦子は一人で歩いた。彼女の妊婦《にんぷ》のような歩き方はこの頃《ころ》から人目に立った。見る人は、よほど自堕落な過去をもった女だと決めてかかった。

服部《はっとり》霊園は杉本家の地所の一角から、小川を隔ててそのあらましが見渡される。彼《ひ》岸《がん》でもなければ、墓参の人数はきわめて少ない。午後になると、広大な墓地の段丘に、立ち並んだ無数の白い墓石《はかいし》が、ひとつひとつ可愛《かわい》らしい影を傍《かたわ》らの土に落しているのが見える。丘陵の森に囲まれた起伏に富んだ墓地のながめは、晴れやかな清潔なものであった。そして時には花《か》崗岩《こうがん》の墓のひとつが、日に映えて白い石英をきらめかすのが遠くから見えた。

悦子はとりわけこの墓地の上にひろがる空のひろさを、墓地をつらぬく大幅な散歩道の静寂を愛した。この真白な晴れやかな静謐《せいひつ》は、草の匂《にお》いや木の芽立ちの若樹の匂いと相俟《あいま》って、彼女の魂をいつもよりも裸かにするように思われる。

摘草の季節である。悦子は小川のほとりを嫁菜や土筆《つくし》を袂《たもと》に摘み入れながら歩いた。

小川の水が一個所溢《あふ》れて、草生《くさふ》を犯している。そこに芹《せり》がある。小川は一つの橋をくぐって、大阪から墓地門前までつづいて終っているコンクリートのドライヴ・ウェイの終点を横切る。悦子は霊園の入口の円形の芝生をめぐり、いつもの散歩道を志した。自分にこうした閑暇が委《ゆだ》ねられているのがふしぎに思われる。この閑暇は何か執行猶《ゆう》予《よ》のような閑暇ではあるまいか。

悦子はキャッチ・ボールをしている子供の傍らをすぎた。しばらくゆくと先程の小川のほとりの垣《かき》のなか、そこはまだ墓標の立っていない草地へ出る。坐《すわ》ろうとして悦子は一人の少年が仰向きになった顔の上へ本を掲げて、一心に読み耽《ふけ》っている寝姿を見た。三郎であった。彼は人の影が顔を翳《かげ》らすのを感じて、鋭敏に上半身を起して、

「奥様」

と言った。そのとき悦子の袂から、嫁菜や土筆が彼の顔の上へ夥《おびただ》しく落ちた。

このとき三郎の顔に泛《うか》んだ一瞬の表情の変化が、悦子には鮮やかに解かれる単純な方程式のような涼しい明晰《めいせき》さのよろこびを与えた。というのは、彼ははじめ顔にふりかかってくる草を悦子の冗談だと考えた。そして大仰《おおぎょう》に身をよけた。次いで悦子の表情からそれが単なる偶発事であって冗談ではないことを看取した。一瞬にして、すまなそうな生《き》まじめな目つきになった。起き上った。そうして四這《よつんば》いになって、悦子に

手伝って、こぼれた嫁菜を拾った。

『それから私はこうたずねた』と悦子は想《おも》い起した。

「何をしていたの?」

「本をよんでいたんであります」

顔を赧《あか》らめて、一冊の講談本を示した。「あります」口調を、そのとき悦子は軍隊口調かと考えた。しかし今年十八歳の彼が軍隊に在《あ》ったわけはない。広島生れの三郎は標準語に倣《なら》おうがために、「あります」というのであった。

それから三郎は問わず語りに、パンの配給を村までとりに行ったかえりに、さぼっていたところを奥様に見つかってしまった、と言った。この訴えには弁疏《べんそ》よりも甘えがあった。誰《だれ》にも言わないであげるわ、と悦子は言った。

彼女は広島の原子爆弾の被害について訊《たず》ねたように憶《おぼ》えている。生家は広島市から離れていて被害はなかったが、親戚《しんせき》に一家全滅の家があるという答であった。それで話題が尽きた。というよりは、三郎のほうで、悦子に何か訊ねようとして遠慮したのである。

『三郎ははじめて見たときは二十歳にはなっているように見えた。霊園の草地の上で、こんな風にしていた彼を見ていたとき、さて幾つに見えたか私はおぼえていない。ただ彼はまだ春だというのに、継《つ》ぎの一ぱい当った木綿《もめん》のワイシャツの胸をはだけ、腕を捲《まく》っていた。もしかしたら袖口《そでぐち》の破れが甚《はなは》だしいのを気にしてかもしれない。彼の腕は都会の男がまず二十五歳にならなければ持つことのできないような見事な腕だった。そしてこの日に焦《や》けた成熟した腕には、自らその成熟に羞恥《しゅうち》を感じてでもいるように、金いろの生毛《うぶげ》が密生していた』

……悦子は何とはなく咎《とが》め立てするような目つきで彼を見た。そういう目つきは悦子に似合わなかったが、そうする他《ほか》はなかったのだ。彼は何事かを察したのか？ そんな筈《はず》はない。彼は厄介《やっかい》な主人の家へ来住したもう一人の厄介な婦人の存在を意識しただけである。彼の声！ あのすこし鼻にかかった燻《くす》んだ沈鬱《ちんうつ》なそれでいて子供らしいあの声。無口な性質から、ひとつひとつちぎり取るようにしていうあの言葉。あの言葉の質朴《しつぼく》な野性の果実のような重み。……

それでいて、あのあくる日に彼を見たとき、悦子ははや何の感情も動かさないで彼を見ていることができたのだ。つまり咎めるような目つきではなしに、微笑しながら。

そうだ、……何事も起らなかった。そしてここへ来てから一ト月ほど経ったある日のこと、弥吉が悦子に農耕用の古洋服やズボンのつくろいを頼んだ。弥吉がいそがせるので、仕事はその日の深更に及んだ。夜なかの一時に、すでにやすんでいた筈の弥吉が悦子の部屋へ入って来た。そして彼女の熱心をほめて、つくろいの出来上った洋服に腕をとおして、しばらく黙ってパイプを吹かしていた。……

「このごろはよく眠れるかね」

と弥吉がきいた。

「ええ、東京とちがって、とても静かで……」

「嘘《うそ》をお言い」

重ねて弥吉が言った。悦子は素直に答えた。

「ほんとうはちかごろ眠れなくて困りますの。きっとあんまり静かで、静かすぎるせいだと存じますわ」

「それはいけないね。招《よ》ばなければよかった」

弥吉はこの託《かこ》ち言《ごと》に、多少重役風な苦味を添えて言った。

悦子が弥吉の招きをうけて米殿村《まいでんむら》へ来る決心をしたとき、すでにして彼女はこのような夜の到来を予期していた。むしろ彼女はこれを希《ねが》っていた。良人《おっと》の死と共に、悦子は印度《インド》の寡婦《かふ》のように、殉死をねがった。彼女の空想した殉死は奇怪なものであった。良人の死に殉ずるのではなくて、良人への嫉妬《しっと》に殉ずる殉死であった。しかも彼女が希ったのは、並一様の死ではなくて、もっとも時間のかかる、もっとも緩慢な死であった。それともまた、嫉妬ぶかい悦子は、決して嫉妬を感ずるおそれのない対象を求めたのであろうか？　腐肉を求めるようなこのあさましい欲求の裏には、なお一種の活々《いきいき》とした独占慾《よく》がうごめいていたのであろうか？　決して目的をもたない貪婪《どんらん》が。

良人の死。……秋が終ろうとしている一日、避病院の裏口にとまっていた霊柩車《れいきゅうしゃ》が今もまざまざと見える。……人夫が柩《ひつぎ》をかつぎあげた。じめじめした、香《こう》と黴《かび》とまだ別の死の匂いのする地下の死亡室、埃《ほこり》のたまった灰いろに汚れた不気味な身振りをした白い蓮《はす》の造花と、通夜のための湿った畳と、死体を運び入れる剝《は》げたレザーの寝台と、次々と新らしい位牌《いはい》が入れ代る待合室のような仏壇とのあの死亡室から、人夫が柩をかつぎあげてコンクリートの緩《ゆる》い勾配《こうばい》をのぼった。人夫の一人の穿《は》いていた兵隊《へいたい》靴《ぐつ》がコンクリートの上で歯ぎしりのような鋲《びょう》の軋《きし》り音《ね》を立てた。裏口へ出る扉《とびら》がひらかれた。……

あのとき雪崩《なだ》れ込んで来た日光ほど感動的な夥しい日光を悦子は知らない。

十一月のはじめのあの氾濫《はんらん》する日光、いたるところに満ちあふれる透明な出湯《いでゆ》のような日光。避病院の裏口は、戦災に焼けつくされた平坦《へいたん》な盆地の町にむかっていた。彼方《かなた》を中央線の末枯《うらが》れた草に包まれた土手が斜めに走っていた。町の半ばは木組の新たな家や建てかけの家に埋まり、半ばはまだ草と瓦礫《がれき》と芥《あくた》に委ねられた焼跡であった。十一月の日光はこの町を領していた。その間をとおる明るい十間道路を、自転車のハンドルが光りながら走る。それぱかりではない。焼跡の芥の堆積《たいせき》のなかからも、ビール壜《びん》の破片のようなものが眩《まぶ》しく目を射る。この光りが一挙に、柩と、これにつき随《したが》った悦子の上に、瀑布《ばくふ》のように落ちかかったのだ。

霊柩車がエンジンをかけた。悦子は帷《とばり》を下ろした車内へ柩のあとから乗った。焼場まで、彼女の考えていたことはもはや嫉妬でも死でもない。今しがた自分を襲った夥しい光りのことばかり考えた。喪服の膝《ひざ》の上で秋の花をもちかえた。菊がある。萩《はぎ》がある。桔梗《ききょう》がある。通夜の疲労にしなだれたコスモスがある。悦子は喪服の膝が何かの黄いろい花粉で汚れるにまかせた。

あの光りを浴びた時、彼女は何を感じたのか？　解放をか？　嫉妬からの、眠れないあまたの夜からの、突発的な良人の熱病からの、避病院からの、すさまじい深夜のうわごとからの、臭気からの、死からの。

悦子はあの夥しい光りが地上に存在することになお嫉妬を感じたのであろうか？　この嫉妬の感動が、彼女の唯一《ゆいいつ》の永きにわたる感動の習癖であったために？　解放の感情は、解放それ自身をすら否認してやまないような或る新鮮な否認の感情である筈《はず》だ。檻《おり》を出た瞬間の獅子《しし》は、もとから野放しの獅子よりももっと広い世界を所有している。捕われている間、彼には二つの世界しか存在しなかったのだ。すなわち檻の中の世界と、檻の外の世界と。彼は放たれる。彼は吼《ほ》える。人を傷つけ、人を喰《くら》う。彼には不満なのだ、檻の中でもない檻の外でもない第三の世界の存在しないことが。……しかるに悦子の心はこれらのものとまるきり縁がない。彼女の魂は是認をしか知らない。……

避病院の裏口で悦子が浴びたあの光りは、仕方なしにこの地上にあふれている天の夥しい浪費としか思われなかった。彼女には結局霊柩車の車内のこの薄闇《うすやみ》のほうが快かった。良人の柩のなかで、車の動揺につれて、ことこと動いているものがある。柩に入れた彼の秘蔵のパイプが板の内側にぶつかる音であろうか。何かに包んで入れればよかったのだ。白い柩布のそとから、悦子はその音のする個所に手をあてた。するとパイプらしきものは、息をひそめたように音を止《や》めた。

帷をかかげて、やがて悦子は、法外に大きな炉のような建物と休憩所によって囲まれているコンクリートの殺風景な広場へ、道の半ばからこの車に先立った別の霊柩車が、速度を落して入ってゆくのを見た。焼場であった。

悦子はあのときこう考えたようにおぼえている。

『私は良人を焼きにゆくのではない。私の嫉妬を焼きにゆくのだ』

……しかし、良人の屍《しかばね》を焼いたからとて、彼女の嫉妬を焼いたことになろうか。嫉妬はむしろ良人からうつされた病毒のようなものだ。それは肉を犯し、神経を犯し、骨を犯した。嫉妬を焼こうとすれば、彼女自らも、あの熔鉱炉《ようこうろ》のような建物の奥深く柩について歩いてゆくほかはない。

発病前、三日間良人はかえらなかった。会社には出ている。色事にかまけて会社を休むような良輔《りょうすけ》ではない。ただ悦子の待っている家へかえるのが耐え難いのだ。悦子は日に五回も近所の公衆電話の前まで行ってためらった。会社へかければ彼は必ず出て来る。電話口では彼は荒い言葉遣《づか》いを決してしない。しかし彼のあの柔らかな甘い猫のような弁解、舌たるい大阪訛《なま》りを故意にまじえた、彼のあの丹念に煙草の火を灰皿にねじ伏せて消す仕草を思わせる弁解にまして、悦子の苦しみを増すものがあろうか。むしろ荒い罵《のの》りを良輔の口からききたい。一見したところそんな罵りがすぐにも口をついて出そうな大柄《おおがら》の男なのに、良輔はどうせ反故《ほご》にするに決っている約束をやさしい声音《こわね》でくりかえす。悦子は抵抗することができない。又してもあれを聞くくらいなら、電話をかけないで我慢しているほうがまだましだ。

「……ここでは話しにくいんやけど、ゆうべは銀座で昔の友達に会ってね、誘われて行って麻雀《マージャン》がはじまったんでね。商工省の役人なので、粗末にできない友達なんだ。……なに？　きょうはかえるよ。きょうは退《ひ》けたらすぐかえる。……しかし仕事が山積してるんでね。晩飯の支度？　ああ、してもしなくっても僕はいいよ。……お前の気持次第だ。……すましてかえったらもう一度たべるまでだ。……もうよそう、電話のそばで、川路君が、当てられてかなわんと言っているからね。……ああ、わかった。わかった。……それじゃあ、又あとで……」

見栄坊《みえぼう》の良輔はなお同僚のあいだに凡庸な幸福を装った。悦子は待つ。待ちつづける。彼はかえらない。彼がかえって家でめずらしくすごす夜、悦子は一度でも彼を詰《なじ》り彼を責めたことがあったろうか。彼女は悲しげな目で良人を見上げるだけだ。この牝犬《めすいぬ》のような目、無言の悲しげなこの目が、良輔を怒らせた。妻の待っているもの、彼女の手が乞食《こじき》の物乞う手に似、その目が乞食の目に似て来たほど妻の待っているもの、……それが良輔に、生活のあらゆる細部《デテイル》を剝ぎとられて醜い骨格だけになった夫婦関係の索寞《さくばく》と恐怖とを嗅《か》ぎとらせた。彼は頑丈な、というより鈍重な背を向けて眠ったふりをした。夏の一夜、良輔は眠っている体を妻の唇《くちびる》に触れられて、その頰《ほお》を打った。「恥しらず！」と寝言のように呟《つぶや》いて舌打ちしながら、打ったのである。自分の体にとまった蚊を打つように、無感動に。

その夏ごろからだ。良人が悦子の嫉妬をあおり立てて喜びとするようになったのは。

悦子は良人の見知らぬネクタイがふえてゆくのを見た。ある朝、良人が姿見の前へ妻を呼んで、ネクタイを結んでくれと言った。悦子は喜びと不安にかられて、指が慄《ふる》えて、ネクタイがうまく結べない。結びおわると、良輔は不興げに体を離してこう言った。

「どうだい。いい柄だろう」

「あら、気がつかなかったわ。新らしいのね。お買いになったの？」

「何だい、その顔は。気がついているくせに」

「……お似合いになるわ」

「似合うさ」

良輔の机の抽斗《ひきだし》からわざとのようにのぞかれたあの女の手巾《ハンカチ》。ふんだんに浸《し》ましてあった安香水。それからもっと忌《いま》わしいもの。それらが家の中で放つ韮《にら》のような悪臭。……悦子は彼が机の上にならべておいた女の写真を燐寸《マッチ》で一枚一枚燃やした。そうさせたのは良人の予定の行動である。良人がかえって来て、写真はどうしたと言った。悦子は砒素剤《ひそざい》を片手に、片手に水を満たしたコップを持って立っていた。彼が悦子の飲もうとする薬品を手からはねのけた。はずみに悦子は鏡の上に倒れて額を切った。

あの晩の良人の愛撫《あいぶ》の烈《はげ》しさはどうしたというのだ！　あの気まぐれな、たった一夜の嵐《あらし》は！　あの幸福の侮蔑《ぶべつ》的な似顔絵は！

……悦子が二度目の服毒の決心をした晩、良人がかえって来た。……それから二日のちの発病。……二週間のちの死。

「頭が痛い。頭が痛くってやりきれない」

玄関から上ろうともせずに良輔がいう。悦子は今しがたの服毒の決心を遮《さまた》げて彼女を苦しめるために、良人がかえって来たように思う。いつもなら自分自身に対して腹立たしくなる良人の帰宅の喜びが、今晩はさすがにない。彼女は冷ややかな気持で障子に手を支《か》てて、暗い玄関に腰かけて動かない良人を見下ろしている自分に誇りを感じた。死を餌《えさ》にして漸《ようや》くあがないえた誇りであるのに、いつのまにかその死は念頭からかるがると飛去っているのにも気づかずに。

「お酒をお呑《の》みになったの？」

良輔は頭を振ってちらと妻を見上げた。良輔自身は気づいていない。そのとき妻を見上げた彼の目には、いつも彼が嫌悪《けんお》を以《もっ》てしか見ることのできない妻のあの犬のような眼差《まなざし》が感染《うつ》っていたのである。澱《よど》んだ熱っぽい切望するこの眼差、家畜が自分の体内に起った病気にわけがわからずに戸惑いしながら、じっと訴えるように飼主を見上げるこの眼差、良輔はおそらく、自分の内部にはじめて了解しがたいものが生れてくる不安を感じていた。それは病気だったが、病気とはそれだけのものではない。……それから十六日間、悦子の最も幸福であった短い期間。……新婚旅行と良人の死と、この短い幸福の期間の何と似ていたことか。悦子は良人と死の地方へ旅をしたのだ。新婚旅行と同じように、それは激しい心身の酷使と疲労を知らぬ飽くなき欲望と痛みと。……高熱にうなされて、胸もあらわに横たわった良人は、死の巧者な技巧にあやなされ、花嫁のように呻《うめ》いた。脳を犯された最後の数日には、突然上半身を体操のように起して、乾き切った舌をのぞかせて、歯齦《はぐき》からにじみ出る血でよごれた赭《あか》土《つち》いろの前歯をむきだしにして、大声で笑った。……熱海《あたみ》ホテルの二階の一室で、初夜のあくる朝、彼はこんな風にして笑ったことがある。彼は窓をあけてゆるやかな芝《しば》生《ふ》の起伏を見下ろしていた。大きなグレイハウンドを連れて滞在していた独乙《ドイツ》人の家族がいた。五つ六つのその男の子が、犬を散歩に連れ出そうとしていた。そのとき犬は芝生の灌木《かんぼく》のかげをよぎった猫を見て駈《か》け出した。男の子は鎖を手から離すことを忘れたので、引張られて芝生の上に尻《しり》もちをついたのである。……これを見て良輔は無邪気に快活に笑った。歯をむきだして、彼は心おきなく笑った。悦子はこんなに良輔が大声で笑うところを見たことがない。

悦子もスリッパを穿《は》いて窓のほうへ駈けた。あの芝生の朝のかがやき、巧みな勾配《こうばい》のおかげでじかに浜辺につながっているようにみえる庭のはての海のかがやき。二人はそれからロビイへ下りた。柱の状差に、「御自由に御取り下さい」という貼紙《はりがみ》がしてあって、色とりどりの旅行案内書が挿《さ》してある。通りすがりに良輔はその一枚を抜きとって、朝食を待つあいだ、それですばやくグライダーを折った。食卓は庭に面した窓のそばだった。「ごらん」と良人が言った。彼は窓から旅行案内のグライダーを海のほうへ飛ばした。……莫迦々々《ばかばか》しい。良輔の心得ている甘ったれた女を喜ばす四十八手の一つにすぎない。……ただあのとき、良輔は本気で悦子を喜ばすつもりだった。本気でこの新妻を騙《たばか》るつもりだった。何という誠実。……悦子の家にはまだ財産があった。父一人、娘一人の素封家の、戦国時代の名将の血を引く旧家の、偏執の固まりのような財産があった。戦争がおわった。財産税、父の死、悦子の相続したおどろくべき少額の株券。……それはともかく、熱海ホテルのあの朝、二人は全くの二人であった。良輔の熱病が、再び二人を二人きりの孤独に置いた。悦子は思いがけなく彼女を再び訪れたこの無慙《むざん》な幸福を、何と残る隈《くま》なく、何と貪婪《どんらん》に、何というあさましさで享楽し尽したことであろう。彼女の看護には、何かしら第三者の目をそむけさせるようなものがあった。

腸チフスの診断には時日を要した。永いこと彼はしつこい風変りなカタル性感冒だと思われていた。たえまのない頭痛、不眠、食慾《しょくよく》の皆無、……それにもかかわらず、チフスの初期症状の特徴と云《い》われているあの二つのもの、階段状の熱と、体温と脈搏《みゃくはく》の不均衡とがあらわれない。はじめの二日は頭痛と全身の倦怠《けんたい》があり、熱はなかった。

あの帰宅のあくる日、良輔は会社を休んだ。

彼はめずらしくその日一日、よその家へ遊びに行った子供のように、大人しく片附けものをして過ごした。得体のしれない不安が、熱っぽい気倦《けだる》さのなかから生れてきたのである。悦子は珈琲《コーヒー》を持って良輔の六畳の書斎へ入った。紺絣《こんがすり》の普段着のまま大の字なりに彼が畳に寝ている。唇《くちびる》をためすようにしきりに噛《か》んでいる。唇が腫《は》れてもいないのに、腫れて来るような気がしたのである。

入ってくる悦子を見るなりこう言った。

「珈琲は要らない」

彼女がまだ躊躇《ちゅうちょ》していると、重ねて言った。

「帯の結び目を前にまわしてくれ。ごりごりしてたまらん。……自分でまわすのは、面倒なんだ」

既に永いこと良輔は悦子に体を触られるのを嫌《きら》っていた。背広の上着を着せかけるのさえ、彼は妻の手がそれをするのを嫌った。今日の彼はどうしたというのか。悦子は珈琲の盆を卓に置いて良輔の傍《かたわ》らに坐《すわ》った。

「何をしてるんや。女按摩《あんま》みたいに」

良人がそう言う。悦子は彼の体の下に手を入れて、絞りの帯の粗略な結び目を引摺《ひきず》り上げた。良輔は体をもち上げようともしない。悦子のかぼそい手の上に尊大にのしかかっているこの厚みのある胴。彼女の手首は痛んだ。痛みながらこの作業が数秒にして終るのを惜しんだ。

「こんなことをしていらっしゃるより、お寝《やす》みになったらいかが？　お床をおとりしましょうか」

「ほっといてくれ。こうしているのが気持がいいんだ」

「お熱は？　さっきより上ったよう？」

「さっきとおんなじだ。平熱だよ」

このとき悦子は自分でも思いがけないことを敢《あえ》てした。良人の額に唇をあてて熱を測ったのである。良輔は黙っている。閉じている瞼《まぶた》のなかでものうげに目が動いている。彼の脂《あぶら》ぎった汚れた粗《あら》い額の皮膚、……そうだ、それがやがてチフス特有の、発汗作用を失った乾燥した燃え上る火の額になり、狂える額になり、……やがて土気色《つちけいろ》の死人の額になった。……

あくる日の晩から良輔の熱は三十九度八分に急に上昇した。腰の痛みを訴え、頭痛を訴えた。枕《まくら》の冷たいところを探してたえず頭を転がすために、枕掛は髪油とふけにまみれた。その夜から悦子は水枕を宛《あ》てがった。流動物だけを辛うじて受けつけた。悦子は林檎《りんご》を搾《しぼ》ってその汁《しる》を吸呑《すいのみ》に入れて良人に飲ませた。翌朝来診した医師は単なる感冒だと云った。

『こうして私は良人がとうとう私のところへ、私の目の前へ還《かえ》って来るのを見た。膝《ひざ》の前へ流れ寄って来た漂流物を見るようにして、私はかがみこんで、仔細《しさい》に、水のおもてのこの奇異な苦しんでいる肉体を点検した。漁師の妻のように、私は毎日海辺へ出て、たった一人で待ち暮したのだ。そうしてとうとう、入江の岩のあいだの澱《よど》んだ水のなかに漂着した屍体《したい》を見出《みい》だした。それはまだ息のある肉体だった。私はすぐそれを水から引きあげたろうか？　いいえ、引き揚げはしなかった。私は熱心に、それこそ不眠不休の努力と情熱とで、じっと水の上へかがみ込んでいただけだった。そしてまだ息のある体が、すっかり水に覆《おお》われ、二度と呻《うめ》きを、叫びを、熱い呼気をあげなくなるまで見戍《みまも》った。……私にはわかっていた。もしよみがえらせれば漂流物は忽《たちま》ち私を捨てて、また海の潮流に運ばれて無限のかなたへ逃げ去ってゆくに相違ないことを。今度こそは二度と私の前に還って来ることはないかもしれないことを。私の看護には、目的のない情熱があったが、誰《だれ》がそれを知ろう。良人の臨終に流した私の涙が、私自身の日々を灼《や》きつくしたこの情熱との離別の涙だったと誰が知ろう。……』

悦子は良人の懇意にしていたあの小石川の内科の博士の医院へ、ハイヤーの車内に横たわって良人が入院した日のことを思い出した。それからまた入院して三日目に、写真の女が病室を訪れてはげしく彼女と言い争ったことを。……どうして嗅《か》ぎつけたのだろう。見舞に来た会社の同僚の口から伝わったのか。同僚は何も知らない筈《はず》だ。それとも女たちは、犬のように、病気の匂《にお》いをかぎつけてそれと知ったのか。……もう一人の女が来た。一人の女が三日つづけて来た。また別の女が来た。時には女同士がぶつかって、蔑《さげす》みの目を見交わして立去った。……悦子は二人きりのこの孤島を誰にも犯されたくない。米殿へ危篤の電報をはじめて打ったのは、彼が息を引取ったのちである。良人の病名が確定したあの日のことは悦子を記憶のなかで嬉《うれ》しがらせた。医院のこととて二階には病室が三つ並んでいるだけだ。廊下のつきあたりが窓になっている。この殺風景な窓から殺風景な町の風景が見渡される。あの廊下のクレゾールの匂い。悦子はあの匂いが好きだ。良人が短いまどろみに落ちるたびに、彼女は思い切りあの匂いを吸い込みながら廊下を往復した。窓のそとの外気よりもこの消毒液の匂いのほうが彼女の好みに合った。病気と死を浄化するこの薬品の作用は死の作用ではなくて生の作用かもしれない。この匂いは生の匂いかもしれない。朝風のように鼻《び》腔《こう》に快い刺戟《しげき》を与える、この苛烈《かれつ》な残酷な薬品の体臭は。

悦子は四十度の熱がすでに十日もつづいて、その熱が封じ込められて苦しげに出口を探している良人の肉体の傍らに坐っていた。レースの終末に近づいたマラソン選手のように、良輔は鼻孔をふくらませて喘《あえ》いでいる。寝床のなかで、彼の存在は懸命に走りつづけている一種の運動体に化身しているのだ。悦子はといえば……悦子は声援している。

「もう少し！　もう少し！」

……良輔の目は吊《つ》り上り、彼の指先はテープを切ろうとする。しかしその指は熱のこもった乾草《ほしぐさ》のような、その上乾草に寝た獣の匂いにむせかえるような毛布の縁《ふち》をつかむにすぎない。

朝の診察に来た院長が良人の胸をひろげた。その胸は荒い呼吸のために生々して、さわると熱のこもった皮膚が指に噴湯《ふきゆ》のようにつき上げて来る。病気とは、そもそも生の昂進《こうしん》ではないのか。院長が象牙《ぞうげ》の聴診器を良輔の胸にあてたとき、その黄ばんだ象牙の圧迫がわずかに白く型捺《かたお》しした斑《まだ》らを、忽《たちま》ち侵してくる充血した皮膚のところどころに、不透明に泛《うか》んでいるこまかい薔薇《ばら》いろの点々を見て悦子はたずねた。

「何でございましょう」

「これはね」と院長はうるさそうな口調に、却《かえ》って職業外の親しみをこめているのだぞと納得させる調子で言った。「薔薇疹《しん》、……花の薔薇ね、それと発疹の疹です。あとで……」

診察がすむと、悦子をドアのそとへみちびいて、事もなげに言った。

「チフスですよ。腸チフスです。血液検査の結果もやっと出ました。良輔君はまたどこでこんなものを背負い込んだかね。出張中に井戸水を飲んだと云っていたが、そんなことですかね。……大丈夫ですよ。心臓さえもてば大丈夫です。……もっとも少し型の変ったチフスで、診断は遅うござんしたがね。……今日手続をとって明日専門の病院へ移しましょう。ここには隔離病室の設備はないしね」

博士は防火心得の貼《は》ってある壁を乾いた指の関節で叩《たた》きながら、この目の下に隈《くま》さえこしらえた看病疲れのした女が、何か叫び出し訴え出すのを、半ばうんざりした期待で待っている。「先生！　おねがいでございます。届出をしないでここへ置いて下さいまし。先生！　あの病人は動かしたら死んでしまいます。法律より人の命のほうが大切です。先生！　避病院へだけはやらないで下さい。大学病院の隔離病室をお世話なさって下さい。先生！……」——こんな決りきった哀訴が悦子の口から洩《も》れるのを、博士は演繹《えんえき》的な好奇心で待っていたのである。

悦子はしかるに黙っていた。

「お疲れですね」——博士が言う。

「いいえ」

と悦子は人が「健気《けなげ》な」と形容しそうな調子で言った。

悦子は感染をおそれなかった。（彼女がとうとう感染しなかった理由と云うに足るこれが唯一《ゆいいつ》のものだ。）彼女は良人《おっと》のそばの椅子《いす》へ立戻って編物をつづけた。冬がちかいので、良人のスウェーターを編んでいたのである。この部屋は午前中は寒い。彼女は片足の草履《ぞうり》を脱いで、その足袋《たび》の足の甲を、片足の甲へすりつけた。

「病名がきまったんだね、そうだね」

良輔は、息をはずませて少年が物を言うような口調で、それだけきいた。

「ええ」

悦子は熱のために笹《ささ》くれ立ってひびわれている彼の唇を水を含んだ綿で湿してやるために立上った。しかしそれをしないで良人に頬《ほお》ずりした。髭《ひげ》だらけの病人の頬は海辺の熱砂のように悦子の頰を灼《や》いた。

「大丈夫よ。きっと悦子が治して差上げてよ。心配なさらなくていいのよ。あなたがお死にになれば、あたくしも死んでよ。(この偽誓に誰が気附こう! 悦子は証人という第三者を、神という第三者をすら、信じはしない。)……でも、そんなことは決してなくってよ。あなたはきっと、きっとお治りになってよ」

悦子は狂おしく良人の笹くれ立った唇に接吻《せっぷん》した。唇は地熱にまがうたえまない熱気を吹き上げていた。悦子の唇は棘《とげ》だらけの薔薇のような、血のにじんだ良人の唇を潤《うる》おした。

……良輔の顔は妻の顔の下でもがいた。……ガーゼで包んだ把手《とって》がうごいて、扉《とびら》がすこし開《あ》いた。その気配に彼女は身を離した。扉のかげで、看護婦が悦子に目じらせして招いている。廊下へ出た。廊下の端の窓に凭《よ》りかかってロング・スカートに毛皮の半外套《がいとう》の女が立っていた。

写真の女だ。一見混血児ではあるまいかと思われる。歯が入歯のように端麗で、鼻孔が翼のような形をしている。もっている花束の濡《ぬ》れたパラフィンが真紅の爪《つめ》に貼りついている。この女の身振には、どこかしら後肢《あとあし》で立って歩いている獣のようなあがきのとれないところがあった。年はもしかすると四十にちかい。目尻《めじり》の小皺《こじわ》がひそんでいた伏兵のように突然あらわれる年頃《としごろ》だ。見たところは、二十五六である。

「はじめまして」

と女が言った。言葉にはどこの訛《なまり》か判然としない微《かす》かな訛があった。これが莫迦《ばか》な男どもがいかにも神秘的だと言って珍重しそうな女だと悦子は見た。これが自分を苦しめていた女である。悦子にはあの苦しみと、この苦しみの実体との、咄嗟《とっさ》の聯想《れんそう》が難かしかった。悦子の苦しみは、すでにしてこんな実体とは無縁なものに成長して、(妙な言い方だが)、今やもっと独創的な何ものかであった。この女は抜かれた虫歯だ。もう痛くはない。仮装の末梢的《まっしょうてき》な病気が治って、はじめて本当の死病に直面させられた病人のように、悦子はこんな女を自分の苦しみの原因だと考えることに、むしろ自分に対する卑怯《ひきょう》な等閑《なおざり》な判断をしか見なかった。

女は男名前の名刺をさし出して、主人の代理で御見舞に上ったという。良人の会社の取締役の名前がある。面会謝絶の病室へは御案内出来ないと悦子は言った。すると女の眉間《みけん》に翳《かげ》のようなものが走った。

「でもお目にかかって御容態を拝見してくるようにと主人が申しましたから」

「主人はどなた様にもお目にかかれない容態でございますの」

「それでもお目にかからせていただくだけで主人に申訳が立ちますから」

「御主人がおいでになればお会わせいたします」

「主人がよくて私がいけないのは何故《なぜ》ですの。そんな理窟《りくつ》に合わないお話ってございませんわ。何か疑ぐっていらっしゃるようなお口振りだわ」

「では、どなた様にも面会はお断りしておりますともう一度申上げればお気が済みますの?」

「おかしゅうございますわ、そんな仰言《おっしゃ》り方は。あなた、奥様? 良輔さんの奥様?」

「主人を良輔などと呼ぶ女は私のほかにはおりませんの」

「そう仰言らずに、おねがいだからお目にかからせて頂戴《ちょうだい》。あたくし、おねがいしておりますのよ。これ、つまらないものですけれど、御枕もとにでもお飾りになって」

「どうもありがとう存じます」

「奥様、どうかお目にかからせて頂戴。御容態はどうなの? 心配ございませんの?」

「生きるか死ぬかは誰にもわかりませんわ」

このときの悦子の嘲笑《ちょうしょう》が女に応《こた》えた。女はたしなみを忘れて威丈高《いたけだか》になって言った。

「それじゃあ、よございます。あたくし勝手にお目にかかりますから」

「どうぞ。そちらさえお構いなければごゆっくり」——悦子は先に立って、振り返って言った。

「主人の病名を御存知？」

「いいえ」

「チフスですの」

女は立止って顔色を変えた。

「チフスなの？」

こう呟《つぶや》いた。無智な女なのに違いない。肺病ときくと鶴亀々々《つるかめつるかめ》と唱えるお内儀《かみ》さんのような驚愕《きょうがく》の反応である。この女なら十字を切りかねない。らしゃめん奴《め》！　何をうじうじしているんだ。……悦子は愛想《あいそう》よく扉をひらいた。この女の思いがけない反応が嬉しかったのである。それのみならず悦子は、良人の顔の傍らにある椅子を更にベッドに近づけて女にすすめた。

行き懸り上、女はこわごわ病室へ入って来る。良人にこの女の恐怖を見せつけてやるのは何という快楽だ。

女は半外套を脱ぎかけて、置場所に迷った。菌の附着しそうな場所は危険である。悦子の手にわたすのも危険である。悦子はきっと良人の便の世話もするにちがいない。結局脱がないほうが無難だ。……彼女はまた肩を入れた。それから椅子を大幅にずらして坐《すわ》った。

悦子が良人に名刺の名前をつげた。良輔はちらと女のほうを見たきり黙っている。女は足を組んだ。女も蒼《あお》ざめて黙っている。

悦子は女のうしろから良人の表情を凝視した。彼女は看護婦のように立っていた。不安が彼女を息苦しくさせた。『もし良人が、もし良人がこの女を少しも愛していないのだったら、どうしよう。私の苦しみは皆無駄《むだ》になる。良人と私はただ空《むな》しい遊戯の苦しめ合いをしていたにすぎなくなる。それでは私の過去はみんな空虚な独り角力《ずもう》になってしまう。良人の目のなかに、今、どうしてもこの女への愛を見出《みいだ》さなければ、私は立ち行かない。もしかして、良人がこの女を、このほかの私が面会を断った三人の女のどれをも、愛していなかったとなれば、……ああ！　今さらそんな結果は怖《おそ》ろしい！』

良輔は上を向いたまま羽根蒲団《はねぶとん》をうごめかした。羽根蒲団は、すでに幾分ずり落ちそうに掛っていた。良輔が膝を動かしたので、蒲団はそのままベッドのこちら側にずり落ちて来た。女が心もち膝をすくめた。手を出そうともしない。走り寄った悦子が蒲団を掛け直した。

この数秒のあいだ、良輔は女のほうへ顔を向けていた。悦子は蒲団にかまけていて、そのほうを見ることができない。しかし直感でわかったことは、このとき、良人と女は目くばせを交わした。悦子を蔑《さげす》んだ目くばせを。……この高熱のつづいている病人が。……眉《まゆ》をしかめ、微笑をうかべて、女と目くばせを。

悦子は直感というよりは、むしろ、その時の良人の頰《ほお》の動きでそれと察したのである。彼女は察して、そして普通の了解の仕方では誰《だれ》にも了解の届かない安堵《あんど》をおぼえた。

「でも、あなたなら、大丈夫治ってよ。心臓がお強いほうじゃ、誰にも負けないから」

女は急にあけすけな口調で云った。

良輔はやさしい微笑を髭だらけの頰にうかべて、（こんな微笑を彼が悦子に見せたことが一度でもあろうか）、息をはずませながら、こう言った。

「この病気を、君にうつしてやれないのが残念だ。君なら、僕《ぼく》より十分持ちこたえる」

「まあ、失礼ね」

女ははじめて悦子にむかって笑った。

「僕は、僕は持ちこたえられない」

重ねて良輔が言った。不吉な沈黙があった。女が突然囀《さえず》るように笑った。……数分後に女が帰《かえ》る。

その夜、良人は脳症を起した。チフス菌に脳を犯されたのである。階下の待合室のラジオが声高《こわだか》に鳴っている。喧騒《けんそう》なジャズである。

「やりきれんなあ。こんな重病人がいるのに、あのめちゃなラジオの音は……」

良輔が激しい頭痛を訴えながら辛うじてこう言う。病室の灯火は半ば蔽《おお》われて、病人の目に眩《まぶ》しからぬように風呂敷《ふろしき》がかけられている。悦子が椅子の上に立ち、看護婦の手も借りずにモスリンの風呂敷を結びつけたのである。これを透した光は良輔の顔に却《かえ》って草いろの不健康な影を投げた。この影のなかで彼の充血した眼《め》が怒りに満ちて涙ぐんでいる。

「下へ行って止《と》めてもらって来ますわ」

悦子はそう言い残して、編物を置いて立上った。扉のところまで行った。すると背後でおそろしい唸《うな》り声が起った。

踏みつぶされた獣の挙げるような叫びである。悦子がふり返ると、良輔は寝床の上で上体を起して、両手で嬰児《えいじ》がするように羽根蒲団を鷲掴《わしづか》みにして、瞳孔《どうこう》の定まらぬ瞳《ひとみ》で扉口《とぐち》のほうを見詰めていた。

看護婦が聞きつけて病室へ入って来た。悦子を促して、まるで折畳椅子を片附けるように、良輔の体を横たえ、両腕を蒲団の中へ入れる作業を手伝った。病人は唸りながら、されるがままになっている。ややあって、瞳をあちこちへめぐらして、

「悦子！　悦子！」

と呼んだ。

この呼名をきいたとき悦子は、彼が呼ぶべかりし幾多の名のなかからこの名が呼ばれたことに、良輔自身の意志を見ずに、むしろ彼女自身の意志を読むのであった。それというのも、彼女がそれを言わせた、良人は一つの規則を遵奉《じゅんぽう》するようにこの名を呼んだにすぎぬという不思議な確信があったからである。

「もう一度仰言《おっしゃ》って」

看護婦は博士に報告に行って既に部屋に居ない。悦子は良輔の胸にのしかかって酷薄にその胸を揺すぶりながらこう言った。すると良人は喘《あえ》ぎ喘ぎ、再び呼んだ。

「悦子！　悦子！」

……その夜更《ふ》けてから、良輔は「真黒い！　真黒い！　真黒い！　真黒い！」と不分明なことを叫びながら、寝台から飛び下りて、卓の上の薬壜《くすりびん》と吸呑《すいのみ》をはたき落した。床にちらばったその破片の上を跣足《はだし》で歩いたために、足は血に塗《まみ》れた。小使も加わっ

て、三人の男が駈《か》けつけて彼を取り押えた。

……翌日、鎮静剤の注射を打たれた良輔の体が担架《たんか》で寝台自動車の車内へ運ばれた。十七貫の体軀《たいく》は軽いものではない。あまつさえ朝から雨が降っている。医院の玄関から門までの間を、悦子が蝙蝠傘《こうもりがさ》をさしかけて附添った。

避病院。……雨のなか、穴だらけの鋪装《ほそう》道路に影を落すガードのかなたに、あの殺風景な建物が迫って来たとき、悦子はどんな喜びでそれを見たか。……孤島の生活が、悦子が待ちのぞんでいた理想の生活形態がはじまるのだ。……もう誰もこの中へまで追いかけてくることはできはしない。誰も入れない。この中では病菌に抵抗することが唯一《ゆいいつ》の存在理由になった人たちだけが生活している。生命のたえまのない是認、荒々しい無作法な人目を憚《はばか》らぬこの是認、……うわ言、失禁、血便、吐瀉物《としゃぶつ》、悪臭、……これらがひろげている、またこれらが一秒毎《ごと》に要求している無法な無道徳な生命の是認、……青物市場のセリ値を呼び上げる商人のように、一刻一刻「生きている、生きている」と呼びつづけなければならぬここの空気、……生命が出たり入ったり、出発したり到着したり、乗客を下ろしたり乗せたりするこの慌《あわただ》しい停車場、……伝染病という明確な存在型式を負わされ統一されたこれらの運動体の群衆、……ここでは人間と病菌の生の価値がしばしば等価値にまで近づき、患者と看護人は病菌に化身してしまう。……あの無目的な生命に化身してしまう。……ここでは生命は、是認されるためにだけ辛うじて存在しているので、もう小うるさい欲望は存在しない。ここでは幸福が支配している。つまり、幸福という腐敗のもっとも早い食物《たべもの》が、完全に喰《た》べられない腐敗の状態で。……

悦子はむさぼるようにこの悪臭と死のなかに生活した。良人はたえず失禁し、入院の翌日には血便を見た。危惧《きぐ》されていた腸出血が起ったのである。

あれほどの高熱がつづいているのに、彼の肉体は痩《や》せもしなければ蒼《あお》ざめもしなかった。固い貧相な寝床の上で、むしろ光沢《こうたく》を帯び赤らんだ彼の体が、嬰児のようにごろごろしていた。もう暴れる気力もない。ものうげに、両手で腹を抱えたり、胸を拳《こぶし》で撫《な》で上げたりする。指を無器用に鼻孔の前にひろげて、その匂《にお》いを嗅《か》いだりした。

悦子はといえば、……彼女の存在は、もはや一つの眼差、一つの凝視であった。その目は閉じることを忘れてしまって、容赦なく雨風が吹き込んで来ても防ぐすべをしらない窓のようだった。看護婦たちは熱狂的とみえる彼女の看護に目を瞠《みは》った。失禁の悪臭を放つこの半裸の病人の傍《かたわ》らで、悦子は日に一、二時間うつらうつら寝《やす》むだけである。そんな時にも、良人が自分の名を呼びながら深い淵《ふち》へ引きずりこまれる夢を見て、忽《たちま》ち目ざめた。

医師が最後の手段として輸血をすすめた。見込みのない手段であることを、それとなく仄《ほの》めかしながら。輸血の結果、良輔はやや沈静になって眠りつづけた。看護婦が請求書をもって入って来た。悦子は廊下へ出た。

鳥打帽子をかぶった顔色のよくない少年がそこに立って待っていた。彼女を見ると、黙って帽子を脱いで挨拶《あいさつ》した。頭髪の一個所に、左耳の上に小さな禿《はげ》がある。目がころもち斜視で、鼻の肉が甚《はなはだ》しく薄い。

「あなた、何？」

と悦子はたずねた。少年は帽子をいじったまま、右足でざらざらした床板を丸く摺《す》るようにしながら、答えなかった。

「ああ、これね」

悦子は請求書をさし示した。少年は肯《うなず》いた。

金をうけとって立去ったその汚れたジャンパアの背中を見て、悦子はいま良輔の体内をめぐっている血はあの少年の血なのだと考えた。これでは助かりっこない！　もっと血の有り余った男に血を売らせればよいのだ。あんな少年の血を売るのは罪悪だ。血の有り余った男に？　ゆくりなくも悦子は病床の良輔を思いうかべた。良輔の病菌だらけの過剰な血を売ればよい。あの血を健康な人たちに売ればよい。……そうすれば良輔は健康になるし、健康な人たちは病気になる。……そうすれば避病院への都市の予算も有効なわけだ。……しかし、良輔が健康になってはならない。健康になればまた逃げてゆく。飛び去ってしまう。……悦子は夢うつつに自分が混濁した思考を辿《たど》っているのを感じた。突然日が落ちたとみえて、あたりが薄暮の景色になった。窓が真白に曇った夕空を並べている。……悦子は廊下にたおれて失神した。

軽い脳貧血だったが、医局で暫時《ざんじ》の休養を強《し》いられた。四時間ほどそうしていると、看護婦が良輔の臨終をしらせに来た。

悦子の手が支える酸素吸入器へむけられた良輔の唇《くちびる》は、何事かを話しかけているように見えた。良人は何をあんなにきこえない言葉で、懸命にむしろたのしげに、ひっきりなしに話しかけていたのであろう。

『……私は支えられる限り酸素吸入器を支えていた。おしまいに私の手は硬くなり、私の肩は痺《しび》れてきた。私は鋭い叫ぶような声で、「誰か代って下さい、早く！」と言った。看護婦がおどろいたように私に代って吸入器を持った。……

本当は私は疲れてなぞいなかった。ただ私は怖かったのだ。あの、何へ向ってともしれず話しかけていた良人のきこえない言葉が。……又しても私の嫉妬《しっと》だったか、それともそんな嫉妬への私の恐怖だったか、それは知らない。……もし理性さえ失くせるものなら、私はこう叫んだかもしれはしない。

「はやく死んでしまえ！　はやく死んでしまえ！」

それが証拠に、深夜になっても心臓が鼓動をつづけて、止める気配も見えなかったとき、「もしかしたら助かるかもしれない」と私語を交わして眠りに行った二人の医師を、私は憎悪《ぞうお》の目で見送ったではないか。……良人はなかなか死ななかった。あの一夜、あれが私と良人との最後の闘いだ。……

あのときの私にとっては、もし良人がよみがえった場合、良人と私との間に想像される幸福のたよりなさは、目前の良人の生命のたよりなさと殆《ほとん》ど同質のものだった。だからまた、このたよりない幸福よりもむしろ今の一刻に幸福を見ようとしたとき、良人のたよりない生よりは確実な死にそれを見るほうが容易に思われた。ここに至って、良人の持ちこたえている刻々の生命に懸けた私の希《のぞ》みは、彼の死を希《ねが》うことと同じだったのだ。……しかるに良人の肉体はまだ生きようとしている。私を裏切ろうとしている。……「峠かもしれない」と医者が望みを洩《も》らす。……又しても嫉妬の記憶が立ちかえる。……右手に抱いた良輔の顔に私は涙を灌《そそ》いだ。しかも私の左手は、幾度か彼の口から酸素吸入器を外そうとした。椅子の上で看護婦は居眠りをしている。夜気が冷えてくる。窓のかなたに新宿駅の深夜のシグナルと、夜もすがらまわっている広告灯の灯火が眺《なが》められる。汽笛とかすかな車輪の響が、疾走する自動車の警笛にまじって、大気を鋭くつんざく。私は毛糸の肩掛で襟元《えりもと》に忍び寄る冷気を防いだ。……今、吸入器を外してもわかりはしない。見ているものは一人もない。人間の目以外の目撃者を私は信じない。……しかし、出来なかった。両手に吸入器をもちかえながら、私は暁方《あけがた》までそうしていた。……それが出来なかったのはいかなる諸力によるのであろう。愛情だろうか？　いいえ、決してそうではない。……私の愛はひたすらあの人の死を望んだのだ。……理性だろうか？　それでもない。私の理性は目撃者のないことを確かめるだけで十分だったのだ。……怯懦《きょうだ》だろうか？　そんな筈《はず》はない。チフスの感染をすら怖れない私が！　……未《いま》だに私にはあの諸力がわからない。……しかし、その必要もなかったことが、夜明け前の冷気の最もきびしい時刻にわかった。空は白みかかっていた。朝の到来と共に朝焼けに映えるべき雲の断層が、まだ一途《いちず》に空の気配を険しくするだけに役立っていた。突然良輔の呼吸が著しく不規則になった。乳を呑み飽きた嬰児《えいじ》が顔を急にそむけるように、吸入器から糸が切れたように顔を外した。私は愕《おどろ》かなかった。吸入器を枕《まくら》のそばにおいて、帯のあいだから手鏡をとりだした。幼ないころ逝《ゆ》かれたお母さまの形見の、裏に赤地錦《あかじにしき》を張った古風な手鏡である。それを良人の口にさし寄せると、鏡は曇らない。髭に縁取られた、何か不平を云いたげな唇が明瞭《めいりょう》に映った。……』

…………………。

……もしかすると、弥吉《やきち》の招きに応じて悦子《えつこ》が米殿《まいでん》へ来る気になったのは、避病院へ行くつもりではなかったか？　ここへ来たのは、避病院へ立ち還《かえ》るつもりではなかったか？

味わえば味わうほど杉本家の空気は、避病院をそのままではないか。目に見えぬ鎖で悦子をとじこめている、この有無を云わさぬ魂の腐蝕《ふしょく》作用は。……

弥吉がつくろいものの催促のために悦子の部屋へ来たあの夜は、たしか四月の半ばだ。

あの晩十時ごろまで、仕事部屋の八畳にあつまって、悦子も謙輔《けんすけ》夫婦も浅子もその二人の子供も三郎も女中の美代も、今年は少し遅くなった枇杷《びわ》の袋つくりに忙しかった。例年は四月はじめから袋かけにかかるのが、今年は筍《たけのこ》の当り年であったので、そちらに気をとられて遅れたのである。枇杷がまだ指尖《ゆびさき》ぐらいの大きさのうちから紙袋を冠せておかないと、象虫がついて果汁を吸ってしまう。そのために貼られる何千という袋は、鍋に盛られたメリケン粉の糊を央に、一人一人が膝のわきに積み重ねた古雑誌の頁《ページ》を以《もっ》て、競争で製《つく》られるので、ふと目にとまった興味のある頁があっても、見る暇もなく袋に仕立ててしまわねば追いつかない。

なかんずくこういう夜なべ仕事の際の謙輔の迷惑顔は見物《みもの》である。ひっきりなしに苦情を述べ立てながら袋を貼るのであった。

「いやになっちまうな。全く奴隷《どれい》労働だな。こんな仕事をさせられるいわれはないんだがな。親爺《おやじ》はもう先に寝てるんだろう。好《い》い気なもんだな。みんなよく大人しくこんな仕事をしていられるね。革命でも起す元気を出したらどう？　賃銀値上闘争でもやらないことには親爺はつけ上るばっかりだからな。ねえ、千恵子、倍額値上はどうだい。もっとも僕なんぞ賃銀はゼロだから、倍額値上でもおんなじだがな。……なんだ、この雑誌、『華北事変に当っての日本国民の覚悟』だって。おどろいたな。……その裏が、『非常時下の四季の御料理献立表』だって。……」

こんなことを言っているおかげで、みんなが十枚貼るあいだに、謙輔は辛《かろ》うじて一二枚を貼るにすぎない。ともすると彼のこのような不平だらだらは、自分の零《ゼロ》に等しい生活力が皆の目の前に曝《さ》らされていることを意識しての、照れ隠しかもしれないのであった。いい見世物になりかねない自分の立場を先廻りして見世物に仕立てている彼の騒がしさが、対等の口喧嘩《くちげんか》ができるという光栄のうちにその実良人《おっと》に満腔《まんこう》の尊敬を捧《ささ》げている千恵子の目には、何かシニックな英雄のように映るらしかった。彼女は舅《しゅうと》を怨《うら》んだりするのは世間並の良人思いの女の感情だと達観して、良人と一緒に腹のなかでせい一杯舅を軽蔑《けいべつ》していた。こんな天才的な女が自分の割当の袋を貼るかたわら、良人の割当にも手をのばしてそっと手助けをしているしおらしさを見ると、悦子の口もとは思わず微笑に歪《ゆが》んだ。

「悦子さんはお早いのね」

浅子がいう。

「中間報告をいたします」

謙輔がこう言って、出来上った袋の数をしらべてまわると、悦子が第一位で、三百八十枚あった。

そんなことに感受性のない浅子や、無邪気に愕《おどろ》いている三郎や美代を除いて、謙輔夫妻はこのような悦子の能力を、すこしばかり気味のわるいものに思う。そう思っていることが悦子にもわかった。とりわけ謙輔にとっては、生活能力の代名詞のようなこの数字は、甚《はなは》だ当てつけがましいものに思われたので、こんな皮肉を言った。

「やれやれこの中で袋貼りで喰《く》えるのは悦子さんだけだな」

これをまっとうに受け取った浅子が訊《き》いた。

「悦子さんは封筒貼りの御経験でもおありになるの?」

悦子はこの人たちの、田舎の些《さ》細《さい》な名声の上にのっかっている未練がましい階級的偏見が気に入らなかった。戦国時代の名将の末裔《まつえい》の血が、これらの成上り根性を容赦しない。彼女はわざと逆手に出て抗《はむか》った。

「ええ、ありますの」

謙輔と千恵子は顔を見合わせた。上品ぶった一見おっとりした悦子の素姓に関する詮索《せんさく》が、その晩の寝物語の熱心な話題になった。

あのとき悦子は三郎の存在に殆《ほとん》ど注意らしい注意を払っていなかった。その姿態さえはっきりと思い出すことができない。それもその筈、三郎は一言も口をきかずに、ときどき主人の家族たちの無駄口《むだぐち》に微笑を洩《も》らしながら、不器用な指さきで袋貼りに熱中していたからである。いつもの継《つぎ》だらけのワイシャツの上に、弥吉に貰《もら》った身幅の合わない古洋服を着て、これだけは真新らしいカーキいろのズボンの膝を畏《かしこ》まらせて、暗い灯下にうつむいていたからである。八、九年前までは杉本家では白熱瓦斯灯《ブランチャード・ランプ》を使っていた。そのほうがむしろ明るかったような感じがすると、昔を知っている人たちは云う。電灯が引かれてから、却《かえ》って百ワットの電球を四十ワット位にしか光らせない弱い電力に頼らざるをえなくなって、夜だけはきこえる筈のラジオも、気象によっては全くきこえなくなったりした。……そうだ、少しも注意を払わなかったというのは本当ではない。悦子は自ら袋を貼りながら、しばしば三郎の不器用な指先に気をとられていた。その太い朴訥《ぼくとつ》な指先は、悦子をもどかしがらせた。傍《かたわ》らを見る。千恵子が良人の袋貼りの手助けをしている。悦子も漠然《ばくぜん》と、三郎の手助けをして不思議はないような気がされた。こう思っていたとき、たまたま三郎のそばに坐《すわ》っている美代が、自分の割当を貼りおわって三郎の袋を手伝いにかかった。悦子はそれを見て安心した……。

『あのとき私は安心した。そうだ、決して嫉妬《しっと》なんか感じはしなかった。負担を免《まぬ》かれたかすかな軽快さをすら感じたほどだ。……私は今度は意識的に三郎のほうを見ないように努めた。この努力は造作もなかった。……私の沈黙と私のかがみ込んだ姿勢と私の熱中とが、三郎を見ないでも、しらずしらず三郎の沈黙と姿勢と熱中とを模倣していたからには。……』

……しかし何事もない。

十一時になった。人々はそれぞれの寝室へ引取った。

あの晩の一時に弥吉が繕い物をしている悦子の部屋へ入って来て、パイプを吹かしながら、悦子がよく眠れるかどうかをたずねたとき、彼女は何を感じたのか？　夜毎《よごと》に悦子の寝間へ向けられていた老人の耳、廊下を隔てた悦子の部屋の寝起きの気配に夜もすがら澄まされていた老人の耳、……みんなが寝静まったなかに孤独な動物のように息をひそめて眠らないでいたその耳の存在が、悦子にはふと親しいものに感じられた。老人の耳というものは清浄で叡智《えいち》にみちた洗われつくした貝殻《かいがら》のようではないか？　人間の頭部でいちばん動物的な恰好《かっこう》をした耳が、老人にあっては智恵の化身のように思われる。悦子が弥吉のこの心遣《や》りに必ずしも醜さばかりを感じなかったのはこのためなのか？　彼女は慧智《けいち》によって見戍《みまも》られ愛されているように感じたのか？

……

いやいやそんな美名はこじつけにすぎぬ。弥吉は悦子のうしろに立った。柱の日めくりを見て、

「なんだ。だらしがないな。一週間前がそのままだね」

と言った。

悦子は一寸《ちょっと》ふりむいて、「まあ、御免あそばせ」と言った。

「御免あそばせ、と言うようなもんじゃあない」

大へん機嫌《きげん》のよい声音でそう呟《つぶや》きながら、つぎつぎと日めくりを破る音がきこえた。その音が途絶えた。悦子は忽《たちま》ち肩先を抱かれて、冷たい篠竹《しのだけ》のような手が胸もとに入ってくるのを感じた。彼女は体ですこし逆らったが、声は立てなかった。立てようとして出なかったのではなく、立てなかったのである。

この瞬間における悦子の諦念《ていねん》を、もしくは単なる自堕落を、安逸を、どう解釈すべきであろう。渇《かわ》いた人が鉄錆《てつさび》の浮いた濁った水をも呑《の》むように、悦子はこれを受け入れたのであろうか。そんな筈はない。悦子は渇いてなぞいはしなかった。何も希《ねが》わないことが夙《つと》に悦子の持前になっていた。彼女は避病院、あの伝染病というおそろしい自己満足の根拠地を再び求めて、米殿村へ来たようなものである。……多分、悦子は、溺《おぼ》れる人が心ならずも飲む海水のように、自然の法則にしたがってそれを飲んだにすぎぬのであろう。何も望まないということは、取捨選択の権限を失うことだ。そう言った手前、飲み干さねばならぬ。海水であろうと……。

……ところがその後の悦子にも、溺死《できし》する女の苦渋の表情は見られなかった。死の瞬間まで、彼女の溺死は人に気附かれずにすぎるのかもしれなかった。彼女は叫ばない。われとわが手で猿轡《さるぐつわ》をはめたこの女は。

四月十八日は山行《やまゆき》の日である。この地方では花見のことをこう謂《い》うのである。人々は終日仕事を休み、一家そろって桜をたずねて山間《やまあい》をめぐるならわしだ。

弥吉と悦子を除いて杉本家の人たちは、ここのところジャミとよばれる屑筍《くずたけのこ》に食傷していた。もとの小作人の大倉が、納屋《なや》に貯《た》められた筍の収穫をリヤカーにのせて市場へ売りにゆく。一等、二等、三等の品質が決められ、それによって値段が決る。リヤカーに積まれて市場へ運ばれたあとの筍は、納屋の掃除と共に掃きだされる夥《おびただ》しい屑である。杉本家の人たちは、四月から五月にかけてこの屑筍を釜《かま》一杯喰《た》べなければならなかった。

ところが山行の日は素敵である。重箱には御馳走《ごちそう》が詰められ、花茣蓙《ござ》を抱えて、一家は連れ立って遊山《ゆさん》にゆく。村の小学校へ通っている浅子の長女にとっても嬉《うれ》しいことは、その日は学校も休日であった。

悦子は思い出す。……それは小学校の読本の挿絵《さしえ》にあるような平明な春景色のなかですごした一日だ。皆が平明な挿絵の人物になった。もしくはその役割を受持った。

……

大気のなかにこもるあの懇《ねんご》ろな肥料の匂《にお》い、——田舎の人たちの親しみ合いには、どうもあの肥料の匂いがある——。それからあの沢山の昆虫の飛翔《ひしょう》。甲虫《かぶとむし》と蜜蜂《みつばち》とのものうい羽音に充《み》ちた空気。日光に浸されたかがやかしい風。風のなかにひるがえる燕の腹。……山行の朝、家のなかで人々は準備に忙殺されている。悦子は五目ずしの弁当を調え了って、櫺子窓から、玄関に通ずる石畳のそばでひとりで遊んでいる浅子の長女を見た。母親の悪趣味で、菜の花のような原色の黄いろいジャケツを着せられている。しゃがんで、うつむいて、この八歳の女の児《こ》は何をしているのだ。見ると石畳の上に、湯気を吹いている鉄瓶《てつびん》が置いてある。八歳の信子《のぶこ》は、石と土とのあいだにうごめいているものにじっと見入っている。……

『あれは巣のなかへ熱湯を注《そそ》がれて浮んできた夥しい蟻《あり》だった。巣の入口にあふれた熱湯のなかでもがいている無数の蟻だった。それを八つになる女の児が、おかっぱ頭を膝《ひざ》の間へ深く沈めて、物もいわずにじっと見詰めていたのだ。両の掌を頰《ほお》にあてて、頰にふりかかってくる髪を払おうともせずに』

……これを見たとき、悦子は一種爽《さわや》かな感情を味わった。彼女は、鉄瓶を持ち去られた浅子がそれに気づいて厨口《くりやぐち》から娘を呼びに来るまで、信子の黄いろいジャケツが少しまくれた小さな背中を、まるで自分自身の或《あ》る時の姿を見るように眺《なが》めていた。……この日から悦子は、顔立ちが母親に似て醜いこの八つの女の児を少しばかり母親の感情で愛した。

出る間際《まぎわ》になって留守居の選定で一ト揉《も》めしたが、結局悦子の妥当な意見がとおって、美代が留守番を承った。悦子は何気ない自分の意見がこうも楽々ととおるのを見て、目を瞠《みは》った。その実それは簡単な理由にすぎなかった。彼女の意見を、弥吉が支持したからである。

杉本家の地所の外れから隣り村へゆく小径《こみち》へ一列縦隊になって歩き出したとき、改めて悦子がおどろいたのは、この一族が無意識に身につけているいやらしい敏感な反応であった。働蟻がほかの巣の働蟻を、女王蟻が働蟻を、また働蟻が女王蟻を、ただ触覚と匂いで嗅《か》ぎつけるこの敏感な動物的な反応。……気づかれている筈はない。まだ気づかれている証拠はない。……しかるにこの一列は、巧まずして、弥吉、悦子、謙輔、千恵子、浅子、信子、(下の五歳の夏雄は美代に預けられた)、唐草《からくさ》模様の大きな風呂敷《ふろしき》包をかついだ三郎の順になった。

一同は、裏手のやや離れた地所の一劃《いっかく》をよぎったが、そこは弥吉が戦前まで葡萄《ぶどう》を栽培していて、戦後栽培を放棄してしまった一劃である。三百坪ほどのうち百坪ほどは低い花ざかりの桃の林であった。のこりの地所は颱風《たいふう》でほとんどの硝子《ガラス》は破《わ》れ去った傾いた三つの温室、朽ちて雨水の溜《たま》ったドラム缶、野生に化した葡萄の 恣《ほしいまま》にのびた蔓《つる》、……藁床《わらどこ》におちた日の光り。

「ひどいことになってるな。今度金が入ったら修理しよう」

弥吉が太い籐《とう》のステッキで温室の柱を押してみながらこう言った。

「お父さんはいつもああ仰言《おっしゃ》るが、多分この温室は永久にこのままだね」

と謙輔がいう。

「永久に金が入らんということかね」

「そうじゃありませんよ」――謙輔は多少調子づいた朗らかさで言った。「お父さんのところへ入る金は、この温室の修理用に使うには、いつも多すぎるか少なすぎるかなんですからね」

「なるほど。お前に小遣《こづか》いをやるためにも、多すぎるか少なすぎるという謎《なぞ》だね」

とこうするうちに、山桜の四五本がまじった丘の頂きの松林に一同は着いた。このあたりには名高い桜並木はなかったので、花見というとわずかな山桜の下に花莫蓙をひろげるほかはない。すでにそれぞれの桜の木蔭《こかげ》は、先客の百姓たちに占領されている。彼らは弥吉の一行を見ると愛想よく会釈《えしゃく》はした。しかし昔のように席を譲ろうとはしなかった。

謙輔と千恵子はそれからひそひそ百姓たちの悪口を囁《ささや》きどおしだった。弥吉の指図で花がやや大まかに見わたされる斜面の一角に花莫蓙がひろげられた。懇意の百姓――この五十男は放出物資の碁盤縞《ごばんじま》の背広に桃いろのネクタイを締めていた――が、そこまでわざわざ、徳利と盃《さかずき》を持って濁酒《どぶろく》をすすめに来る。……謙輔は平気で盃を受けてこれを呑《の》んだ。

『何故《なぜ》だろう。私なら飲みはしない』――悦子はそのときそんな謙輔を見ながら、愚かにも考えたものだ。考えるに値いしないことを。――『何だって謙兄様《にいさま》はあの盃をおうけになったのだ。悪口を言いつづけたあの人が。……本当に濁酒を飲みたかったのなら、受けてもふしぎはない。しかし見ていてわかるが、決して彼は濁酒なんか飲みたかったわけではない。彼はただ自分の悪口を言った相手がそれと知らずにすすめて来た酒を飲むのがうれしかったのだ。つまらない小さな破廉恥《はれんち》の喜び。嘲笑《ちょうしょう》の喜び。お腹《なか》のなかの薄ら笑いの喜び。……そんな役目のためにだけ生れてくる人間もいるなんて、神様は何と無駄事がお好きなことだろう』

次に千恵子が盃をうけた。これは良人《おっと》が呑んだからというだけの理由だ。悦子は断った。これで又一つ、彼女が偏屈な女と噂《うわさ》される理由がふえたことになる。

この日の一家の団欒《だんらん》には、曲りなりにも出来上りかけている秩序の気配があった。悦子は本当のところ、一から十まで不興気な顔つきでうけとっていたわけではない。彼女は弥吉の無表情な上機嫌《じょうきげん》とそのそばにいる無表情な自分との、二つの物体のような無表情な関係に満足していた。それからまた無口は無口なりに話相手がなくて無聊《ぶりょう》げな三郎の様子に満足していた。謙輔夫婦のものわかりのよさを装った反感に、浅子の鈍感な母親ぶりに満足していた。これらの秩序は他《ほか》ならぬ悦子が拵《こしら》えたものだ。

信子が小さな野の花をもって悦子の膝に凭《もた》れて来た。そしてこの花は何という花、おばさまと訊《き》いた。悦子はその花の名を知らなかったので、三郎にたずねた。

三郎は、花をちらと見ると、すぐ悦子の手へ戻して、

「はい、むらすずめの花といいます」

と答えた。花の名の奇異であったことよりも、花をつきかえす彼の腕の眩《まば》ゆい速度が悦子を愕《おどろ》かせた。耳ざとくこのやりとりをきいていた千恵子が言った。

「この人ったら何も知らないような顔をして、何でも知っているのよ。天理教の歌をうたってごらん。よくもおぼえたと感心するわよ」

三郎は頬《ほお》を赤らめてうつむいた。

「ねえ、歌ってごらん。何を恥かしがってるのよ。歌ってごらん」

千恵子はこう言いながら茹玉子《ゆでたまご》を一つさし出した。

「それじゃ、これをあげるから、歌ってごらん」

三郎はちらと千恵子の安宝石の指環《ゆびわ》をはめた指に支えられている玉子を見た。彼の仔犬《こいぬ》のような黒い目に、ほんのすこし鋭い光りが動いた。そしてこう言った。

「玉子は要りません。歌います」

それから申訳のような微笑をうかべた。

「よろず世の世界一列、何とか云ったわね」

「……見晴らせど、であります」

彼は生真面目《きまじめ》な表情に返って、彼方《かなた》に見渡される隣り村のほうへ目をやりながらまるで勅諭を諳誦《あんしょう》するように諳誦した。隣り村はささやかな盆地である。戦争中陸軍航空隊の根拠地がそこにあって、この屈強な隠れ家から、将校たちは蛍ケ池《ほたるいけ》飛行場へ通っていた。そこの小川の傍らにも桜がある。小ぢんまりした校庭をもった小学校があって、そこにも桜がある。砂場の鉄棒で遊んでいる子供が二三人みえる。それが風にころがされている小さな糸屑《いとくず》の固まりのようにみえる。

三郎の諳誦したのはこんな歌だった。

「よろず世の世界一列見晴らせど、
　むねのわかりたものはない、
　そのはずや問いてきかしたことはない、

しらぬが無理ではないわいな、
このたびは神がおもてにあらわれて
なにか委細を説ききかす……」

「こいつは戦争中は禁止されていたんだね。世界一列見晴らせど、旨のわかりたものはない、というと、その中に天子様も含まれることになるからね。論理的にね。だから、情報局で禁止したのだそうだ」

と弥吉が蘊蓄《うんちく》を披瀝《ひれき》した。

……あの山行《やまゆき》の一日、あの日も何事もなかった。

それから一週間のちに三郎は例年のとおり三日間の暇をもらって、四月二十六日の大祭に参列するために天理へ行った。母親と国元の教会の合宿で落ち合って御本殿に詣《もう》でるのである。悦子はまだ天理へ行ったことがない。全国の信者の寄附と「ひのきしん」と呼ばれる労働奉仕によって建てられた壮麗な本殿の中心に、甘露台という台があって、終末の日に甘露が降るというその台には、冬などはその上の天窓のような吹抜けの屋根から、風にまぎれて幾ひらの雪が舞い下りてくるさまを話にきいた。

「ひのきしん」……この言葉には、真新らしい木の香りがある。明るい信仰と労働の喜びの響きがある。労働に耐えぬ年寄などは、それに加わる際、手巾《ハンカチ》に土を包んで運ぶ由だった。……

『……そんなことはどうでもよい。あのたった三日間の三郎の不在、あの不在が齎《もた》らした感情、あれこそは何はともあれ私にとって新らしい感情だった。園芸技師が丹精の末になる見事な桃を掌にのせて重みをたのしむように、私は彼の不在を掌にのせてたのしんだ。この三日間の不在が寂しかったのかと謂《い》うと、決してそうではない。この不在は何か私にとって充実した新鮮な重みのあるものだった。それは喜びだった。家のなかの至るところに私は彼の不在を見出《みい》だした。庭にも、仕事部屋にも、台所にも、彼の寝間にも』

……彼の寝間の出窓に、蒲団《ふとん》が干してあった。盲縞《めくらじま》の粗末な薄い木綿《もめん》の蒲団である。悦子は裏の畑へ夕食の胡麻《ごま》和《あ》えのための小松菜を摘みに行った。三郎の寝部屋は北西に向っていて午後になって日が当る。日は隈《くま》なく、奥の破れた襖《ふすま》までも照らしている。そのとき悦子は部屋の中を覗《のぞ》こうとして立寄ったのではない。……西日のなかに漂っている微《かす》かな匂い、日向《ひなた》に寝そべっている若い獣が放つような匂《にお》いに惹《ひ》かれたのである。彼女は自然に蒲団のそばに立って、その幾分擦《す》り切れた丈夫な布地の、革のような匂いと光沢《こうたく》のなかにしばらく居た。生物《いきもの》にさわるように、珍らしそうに指でそれを押した。日向に膨らんだ綿が内にこもった温かみのある弾力で指に応えた。悦子はそこを離れて、裏の畑へかよう椎《しい》の木かげの石段をゆっくりと下りた。……

……そうして悦子は漸《ようや》くのことで待ちあぐねていた眠りに再び落ちた。

第三章

燕《つばめ》の巣はもう空っぽだ。きのうまで確かにいたような気がする。

二階の謙輔《けんすけ》夫妻の部屋は東と南へ窓を展《ひら》いている。夏のあいだというもの、玄関の軒庇《のきびさし》に巣くっている燕の家族が、東の窓からの眺《なが》めに親しいものになっていた。

悦子《えつこ》は借りていた本を返しに謙輔の部屋へ行って、窓の欄干にもたれたとき、それに気づいて、言った。

「燕はもう居なくなりましたのね」

「それより、今日は大阪城が見えますよ。夏のあいだは空気が濁っていて見えなかったのにね」

謙輔は今まで寝ころがって読んでいた本を伏せた。そして南の窓をあけひろげて、東南の地平線上の空を指し示した。

城はここから見ると確乎《かっこ》とした土の上に建てられたものとは見えない。それはむしろ、泛《うか》んでいる。浮游《ふゆう》している。空気が澄んで来ると、城の実体から城の精神のようなものが抜け出して、背のびをして、その高みから四方を見まわしている姿が、遠くからも見えるのではないかと思われる。大阪城の天守閣は、悦子の目に、漂流者が幾たびとなくその目をあざむかれる幻の島影のように見える。

『あそこには誰《だれ》も住んでいないのだろう。もしかして、埃《ほこり》にうずもれた天守閣に、住んでいる人でもあるのかしら』

誰も住んではいないという断定が、ようやく彼女を吻《ほっ》とさせる。遠方の古い天守閣にまで、人が住んでいるかどうかをすぐ揣摩《しま》臆測《おくそく》せずにはいられないこの不幸な想像力、……何も考えないという彼女の幸福の根拠をいつもおびやかしに来るこの想像力。

「何を考えてるんです、悦子さん。良輔《りょうすけ》のこと？　それとも……」

出窓に腰かけた謙輔が言う。その声が、——いつもは決して似た声とは思えないのに、——どうした加減か大へん良輔に似ていたので、不意を打たれた悦子は本音を吐いた。

「今ね、あのお城にも人が住んでいるかどうか、考えていたのよ」

彼女の燻《くす》んだ含み笑いが謙輔の皮肉《シニスム》を刺戟《しげき》した。

「悦子さんはやっぱり人間が好きなんだなあ。……人間、人間、人間。あなたは実に健全ですよ。僕なんかの及びもつかない健全なる精神をもってるんですよ。もっと自分に素直になる必要がありますね、僕の診断だと。……そうすれば……」

晩《おそ》い朝食の皿《さら》や茶碗《ちゃわん》を井戸端へ洗いに行っていた千恵子が、偶々《たまたま》それらに布帛《ふきん》をかぶせた盆を捧《ささ》げて、階段を昇って来た。彼女は中指にちいさな小包を危なっかしくぶらさげていて、盆を置くよりさきにそれを出窓の謙輔の膝《ひざ》へ落した。

「今来たのよ」

「あ、待望の薬かな」

あけてみると、Himrod's Powder と書いた小罎《こびん》がある。アメリカ製の喘息《ぜんそく》の特効薬で、大阪の或《あ》る貿易会社にいる友人が手に入れて送ってくれたものである。いつまでたっても依頼のこの品が届かないので、きのうまで謙輔が悪口を言いどおしだった友人である。

それをしおに悦子が立とうとすると、千恵子が言った。

「あら、あたくしが来るとすぐ行っておしまいになるなんて、なんかみたいよ」

とはいうものの、このまま居ればどんな話題が出て来るか、おおよその察しが悦子にはついている。謙輔夫婦には、退屈している人間に特有の、病気のような親切心があるのだった。人の噂《うわさ》と押しつけがましい親切と、……田舎者《いなかもの》のこの二つの特性が、しらぬ間に甚《はなは》だ高級な擬態を装って謙輔夫婦をも犯していた。つまり批評と助言という高級な擬態で。

「聴き捨てならないことをいうね。今、僕は悦子さんに忠告をしてたんだよ。それで逃げ出そうとしたんだよ、悦子さんは」

「弁解なさらなくってもよございますよ。……でもあたくしも悦子さんにアドヴァイスがあるんだけどな。絶対に悦子さんの味方としてアドヴァイスしたいんだけどね、むしろアジテイションかな。それに近いわね」

「やりたまえ。大いにやりたまえ」

新婚夫婦のようなこの応酬は、傍《はた》の耳にはずいぶんと聴きづらい。謙輔と千恵子が退屈な田舎に置かれて毎日毎夜見物人もなしに演じつづけるこの新婚の家庭劇は。……彼らは、この仕馴《しな》れた役を、当り狂言を、繰り返して倦《う》むことがない。もう役柄《やくがら》に疑問も持たない。八十になっても打ちつづけて、鴛鴦《おしどり》夫婦と呼ばれることだろう。

……悦子はかまわずに夫婦に背を向けて階段を下りかけた。

「やっぱり行っておしまいになるの」

「ええ、マギを散歩させてまいりますわ。かえったら又うかがうわ」

「あなたったら鉄のごとき意志の持主ね」

と千恵子が言った。

農閑期の午前。収穫にはまだ間《ま》のあるこの季節の休暇の静けさ。弥吉《やきち》は梨畑《なしばたけ》へ手入れに行っており、浅子は夏雄を負《おぶ》ったり歩かせたりしながら、学校が「秋分の日」でお休みの信子も一緒に、村の配給所へ幼児用の放出物資の配給をとりに行っている。美代はのどかに部屋から部屋へ掃除をしてまわっている。悦子は厨口《くりやぐち》の木かげにつながれているマギの鎖を解《と》いた。

箕面《みのお》街道へ出て、遠まわりをして隣り村まで行ってみようか？　昭和十年ごろは弥吉が夜一人でその道をゆくと、街道まで狐《きつね》があとをつけて来たそうだ。……しかしそれにはたっぷり二時間かかる。墓地へ？　……それでは近すぎる。

マギは彼女の掌に、躍動している鎖の振動をつたえた。悦子はマギの行くに委《まか》せた。栗林《くりばやし》のなかへ入ると、秋蟬《あきぜみ》が啼《な》いている。日が点々と落ちている。すでにして芝茸《しばたけ》が朽葉のかげに見出《みいだ》される。弥吉はこのあたりの芝茸を、彼と悦子の専用に充《あ》てていた。何の気なしにとって来ておもちゃにしていた信子が彼に打たれた。

農閑期の毎日は、何か強《し》いられた休養、自覚症状のまるきりない病人が強いられた休養のような重たさを悦子の心に齎《もた》らす。不眠が募る。このあいだ彼女は何を生活すればよいのか。現在を生きるためには毎日はあまりにも長くて単調だ。過去を反芻《はんすう》しようとすれば、その苦痛はすべてを危なっかしくしてしまう。風景の上に、季節の上に漂っているこの休暇の眩《まぶ》しさ、悦子はすでに休暇というものを持たなくなった卒業生のような目でそれを眺《なが》めることしか出来ない。……しかし彼女の場合、そうとばかりは云《い》えない。悦子は学生時代から夏休みというものが嫌《きら》いだった。夏休みはまるで義務だった。自分で歩いて自分でドアをあけて自分で戸外の光りのなかへ飛び出さなければならない義務だった。子供のときから自分で足袋《たび》を穿《は》いたこともなければ自分で着物を着たこともないこの女学生にとっては、毎日強いられて出てゆく学校のほうが、自由な居心地のよいものに思われた。……それにしても都会風な倦怠《けんたい》の虜《とりこ》になるためには、農閑期は何という無慈悲な明るさをもっていることだろう。……何ものかが悦子をそそのかす。彼女自身に義務と感じられるのを常とするあの圧迫するような渇きが。飲めばすぐ嘔気《はきけ》をおこすことを怖《おそ》れながら水を求める泥酔者《でいすいしゃ》の渇きが。

これらの感情の元素は、栗林を吹きすぎる風のなかにも在《あ》った。すでに颱風《たいふう》の荒々しさを失った、今は息をひそめて下葉をそよがせてすぎるこの風のなかには、誘惑者の身振に似たものがあるように思われる。……小作人の家のほうから薪《まき》を切る斧《おの》の音がひびいてくる。もう一、二ヶ月で炭焼きがはじまるのだ。林の外れに、杉本家のために大倉が毎年炭を焼く小さな炭竈《すみがまう》が埋もれていた。

マギは悦子を林のそこかしこに引廻した。彼女の妊婦《にんぷ》のようなものうげな歩き方を、それが否応《いやおう》なしに快活な歩き方にした。彼女はいつものように和服であった。切株に破られぬように、裾《すそ》をこころもち引きあげて走った。

犬はせわしげに匂《にお》いを嗅《か》いでいる。その荒々しく呼吸している肋《あばら》の動きがみえる。林の土が一個所上《あが》っている。土竜《もぐら》の跡のようにも思われたので、犬と共に悦子は目を落した。すると彼女は微かな汗の匂いをかいだ。三郎が立っていた。犬は彼の肩へよじり登って、その頰を舐《な》めた。

笑いながら三郎は、鍬《くわ》をかついでいないほうの空《あ》いた手でマギをはたき落そうとするが、犬は容易にまといつくことを止めないので「奥様、鎖を引いて下さい」と彼が言った。悦子はやっと気がついて鎖を引いた。

この放心の数瞬間、彼女が見ていたものはといえば、彼の左肩に担《かつ》がれている鍬が、犬を払い落そうとする体の勢いで、幾度か空へ跳《は》ね上るその動きだった。半ばは乾いた泥《どろ》に曇って、しかも青い刃先の色が、木洩《こ》れ陽《び》のなかに跳躍するその動きだった。

『危険だ！　もしかするとあの刃が私の上に落ちかかる！』

――そういう明瞭《めいりょう》な危険の意識のなかで、彼女はふしぎと安堵《あんど》して、身動《みじろ》ぎもせずにいたのである。

「どこを耕しに行ったの？」

と悦子がきいた。彼女が立止ったままなので、三郎も歩き出さない。このまま話しながら引返せば二人並んで歩いているところを二階の千恵子から見られてしまう、さりとて前へゆけば三郎が引返さねばならない、悦子が立止ったまま話しだしたのはこんな咄嗟《とっさ》の計算の結果である。

「茄子《なすび》の畑であります。茄子をとったあとをすぐ耕そうと思ったのです」

「来年の春でもいいんでしょう」

「はい、でも今なら閑《ひま》でありますから」

「あなたは働かないでいることができないのね」

「はい」

悦子は日に焦《や》けた三郎のしなやかな頸《くび》をじっと見戍《みま》った。鍬をとらずにいられない彼の内面の過剰が好もしかったのである。それからまた、この感受性に乏しそうな若者も、彼女と同様に、農閑期を荷厄介《にやっかい》に思っているらしいことが気に入ったのである。

彼女は素足に穿《は》いた彼の破けた運動靴《うんどうぐつ》にふと目を遣《や》った。

『……この期《ご》に及んで、まだ靴下をやることにこだわっている私の躊躇《ちゅうちょ》を知ったら、私を悪《あ》しざまに言う人たちは、まあ何と思うだろう。村の人たちは私をふしだらな女のように噂している。それでいて彼らは私より何倍もふしだらな行為を平気でするのだ。私の行為の困難はどこから来るのだろう。私は何も希《ねが》わない。私は目をつぶっているうちに、或る朝、世界が変っていることを是認する。そんな朝が、そんな純潔な朝が、もうそろそろめぐって来てもいい筈《はず》だ。誰のものでもなく、誰にも希われずに到来する朝が。……私は希わずにいて、しかも私の行為が、そういう何も希わない私を根こそぎ裏切ってしまう瞬間を夢みている。ほんの些《さ》細《さい》な、ほんの目立たない私の行為が。……

……そうだ、昨夜の私にとっては、三郎に二足の靴下を与えることを考えただけでも十分な慰めだった。……今はそうではない。……靴下をやって、それが何になるのだ。……彼は笑って少しどぎまぎして、「ありがとうございます」と云うだろう。そして背中を向けて何事もなく行ってしまうだろう。……それは目に見えている。それでは私があまりにみじめだ。

この苦しい二者択一の前で、何ヶ月というもの私が思い悩んで来たことを誰が知ろう。天理の春季大祭の四月下旬から、五月、六月、……永い梅雨《つゆ》、七月、八月、……酷烈《こくれつ》な夏、そして九月、……どうかして私は、良人《おっと》の死の際《きわ》に味わったようなおそろしい烈《はげ》しい是認をまた味わいたい。あれこそは幸福というものだ。……』

ここで悦子の思考は一転する。

『それでも私は幸福だ。誰も今私が幸福だということを、否定する権利は持ちはしない』

……彼女はわざと手間取りながら、袂《たもと》から二足の靴下をとりだした。

「これ、あげるわ。きのう阪急で、あなたにと思って買って来たのよ」

三郎は一瞬怪訝《けげん》そうに悦子の顔をまともに見返した。「怪訝そうに」と謂《い》うのはむしろ悦子の臆測《おくそく》である。その視線にはただ単純な問いかけがあったにすぎない。一点の疑惑もない。彼はこのいつもながら外々《よそよそ》しい年長の婦人が、藪《やぶ》から棒に靴下を呉《く》れたりするのが解《げ》せなかったのである。……それから彼はあまり永い沈黙が非礼に当ることを考えた。微笑して、泥だらけの手をズボンの尻《しり》でこすって、靴下をうけとると、

「どうもありがとうございます」

こう言って運動靴の踵《かかと》を合わせて敬礼をした。敬礼をするときは、癖で、自然に踵が合わさるのである。

「あたくしに貰《もら》ったなんて誰にも言ってはだめよ」

と悦子が言った。

「はい」

と彼は答えた。そして新らしい靴下をズボンのポケットへ無造作にねじ込んで立去った。

……それだけだ。何事もない。

きのうの晩から悦子の待ちのぞんだことはこれっぽちのことだろうか。いや、そんな筈はない。彼女にとっては、この些事《さじ》は儀式のように周到に企てられ綿密に予定されたものだった。この些事を堺《さかい》として、彼女のなかで何らかの変貌《へんぼう》がおこる筈だった。……雲がとおりすぎる。野面《のづら》が翳《かげ》って、風景はまるで意味の変ったものになる。……人生にも、一見、存在しそうに思われるこの種の変化。ほんのちょっと眺《なが》め方を変えただけで、人生が別のものにもなりうるようなこうした変化。悦子は居ながらにしてこういう変化が可能であると信ずるほどに傲慢《ごうまん》だった。所詮《しょせん》人間の目が野猪《のじし》の目にでも化《な》り変ることなしには仕遂げられないこの種の変化。……彼女はまだ肯《うべな》おうとしない。われわれが人間の目を持つかぎり、どのように眺め変えても、所詮は同じ答が出るだけだということを。

……それからその一日は急に多忙になった。奇妙な一日だった。

悦子は栗林を抜けて小川の草深い堤へ出た。傍《かたわ》らに杉本家の入口の木橋がある。小川の対岸は竹藪《たけやぶ》だ。この小川は霊園に沿う細流にぶつかると、俄《にわ》かにこれを併《あわ》せて直角に水路を転じ、北西の稲田のひろがりへむかっていた。

マギは川面を見下ろして吼《ほ》えた。川水に足を涵《ひた》して、網で鮒《ふな》をとっている子供たちに吼えかけたのである。子供たちは口々にこのセッター種の老犬の悪口を言い、見えぬながらも犬の鎖の引き手を推測して、若後家がどうとかこうとかという、親たちの蔭口《かげぐち》の敷写しを怒鳴り立てた。悦子が堤の上に姿をあらわすと、子供たちは魚籃《びく》をふりまわしながら対岸の堤へ駈《か》けのぼり、日ざしに明るい竹藪のなかへちりぢりに逃げ去った。竹の下葉が明るい藪の奥でまだ意味ありげに揺れている。そこらあたりにまだ隠れているのかもしれない。……

すると竹藪のむこうから自転車のベルの音がひびいてきた。間もなく木橋の上に、郵便配達夫が自転車を降りて押しながら現われた。この四十五六の配達人は、物をねだる癖があって皆が厄介《やっかい》に思う。

悦子は橋のほうへ行って電報を受取った。印形がなければサインをしてくれと配達夫が言う。サインという程度の英語は、この田舎でもすでに一般的なものである。そのためにとりだす細い鉛筆型の彼女のボール・ペンをしげしげと見た。

「それ、何ペンいうのだす」

「ボール・ペンだわ。安物よ」

「変ってますな。ちょっと見せて下さい」

呉れるというまで永々と讃《ほ》める彼に、惜しげもなく悦子は遣《や》って、弥吉宛《あて》の電報を手に石段を昇り出した。彼女は可笑《おか》しかった。三郎にたった二足の靴下をやることの困難と、物ねだりする配達夫にボール・ペンを遣ることのこの容易《たやす》さと。『……その筈だわ。愛しさえしなければ、人と人とがつながり合うことなんか楽に出来る。愛しさえしなければ……』

杉本家の電話はすでにベヒシュタインのピアノと共に売られていた。電報が電話に代って、大阪からのさして急を要しない用件にも使われた。杉本家の人たちは深夜の電報にもおどろかない。

しかしこの電報をひろげてみた弥吉の顔には喜色が充《み》ちた。差出人の宮原啓作は国務大臣である。弥吉の後輩で、彼の次の代の関西商船社長で、終戦後政界へ乗出したのだ。彼は今選挙のための遊説旅行に九州へ赴《おもむ》く途中である。半日ほど小閑を得たので、夕刻の三四十分弥吉を訪ねたいという。……おどろいたことには、訪問の日は今日なのであった。

弥吉の部屋には、たまたま農業協同組合の役員の客があった。まだ日中は暑いくらいの陽気というのに、ジャンパアをどてらのように不精《ぶしょう》に着込んで、供出の査定にまわり歩いている男である。青年団によって占められていた先任の役員の腐敗が甚《はなは》だしかったので、この夏役員の改選が行われた。新任の役員の一人に選ばれたこの男は、もっぱら旧地主たちの御高説を拝聴してまわるのを仕事にしていた。この地方は保守党の地盤であったので、彼はそういう処世術が最も当世風なのだと信じていた。

電報を読む弥吉の顔に喜色が漲《みなぎ》るのを見て、彼はどういう吉報かと弥吉にたずねた。弥吉はふと訊《き》かれたくない喜ばしい秘密がさせる躊躇《ちゅうちょ》を示した。だが結局打明けずにはいられない。必要以上の克己は老体に毒である。

「なに国務大臣の宮原君があそびに来るという電報さ。非公式の訪問だから、村の人たちには誰《だれ》にも言わんでおいてもらいたいな。身心を休めに来るのだからして、煩《わずら》わせては儂《わし》が済まない。宮原君は儂の高校時代の後輩でね、儂より二年おくれて関西商船に入社したのだ」

……応接間の久しく人が触れない二台のソファー・十一脚の椅子《いす》のたたずまいは、

待ちくたびれた女たちを宛《さなが》らで、その白い麻布のカバアに泛《うか》べているものは、取り返しようもない感情の涸渇《こかつ》である。しかしこの部屋に立つと何故《なぜ》かしら悦子は心が休まる。晴れた日は朝の九時にこの部屋の窓という窓を開け放つのが彼女の役目だ。そうすると東向きの窓はいっせいに午前の日光をみちびき入れ、この季節にはそれが概《おおむ》ね、弥吉の青銅の胸像の頬《ほお》のあたりで辛《かろ》うじて止《と》まる。米殿《まいでん》へ来て匆々《そうそう》、ある朝悦子はこの窓をあけて愕《おどろ》いた。花瓶《かびん》に活《い》けてあった菜の花から巣立ったにしては夥《おびただ》しすぎる数の蝶々が、今まで息をひそめてその瞬間を待っていたように、窓があけられると同時にいっせいに羽搏《はばた》いて戸外へひしめき出て行ったからである。

悦子は美代と一緒に、念入りにはたきを掛け、つやぶきんを掛けた。極楽鳥の剝製《はくせい》を納めた硝子《ガラス》箱の埃《ほこり》を払った。それでも家具や柱にまでしみこんだ黴《かび》の匂《にお》いは拭《ぬぐ》われなかった。

「この黴の匂いはどうにかならないかしら」

悦子が胸像を布帛《ふきん》で磨《みが》きながら、あたりを見まわしてこう言った。美代は答えない。この半分眠ったような田舎娘は、椅子に乗って、無表情に扁額《へんがく》にはたきを掛けていた。

「ひどい匂いだこと」

悦子はもう一度、はっきり独り言のようにして言った。すると美代は椅子の上に立

ったままこちらを向いて、

「はい。ひどいですね、本当に」

と言った。

悦子は腹を立てた。腹を立てながら、三郎と美代とに共通しているこんな鄙《ひな》びた鈍感な応対が、どうして三郎の場合は悦子の心の慰めになり、美代の場合は悦子を怒らすのだろうかと考えた。他《ほか》でもない、美代と三郎とが、彼女自身と三郎とよりも、よりよく似ていることが悦子を怒らすのであった。

悦子は夕刻弥吉がおそらく大臣に磊落《らいらく》にすすめるであろう椅子に掛けてみた。すると彼女の表情には、社会から忘れ去られた先輩の客間を見渡す多忙な男の、すこしばかり憐憫《れんびん》のまじった鷹揚《おうよう》な表情がうかんできた。大臣は一分一秒にセリ値のついたような彼の一日の何十分かを、この訪問の唯一《ゆいいつ》の贈物として携えて来、それを重々しく主人に手渡すだろうと思われた。

「そのままでいい。準備なんか要らん」

――弥吉は幸福そうな渋面をつくって、そう悦子に繰り返した。ひょっとするとこの要路の大官の訪問は、弥吉が思ってもみない返り咲きの緒《いとぐち》を、齎《もた》らすもののようにも思われるのだ。

「いかがです、また御出馬ねがえませんか。戦後の海山の弁えもつかない新人が跋扈ばっこしておった時代はすぎて、政界にも実業界にも、経験の豊富な大先輩の復活の時代が来ておるようです」

そう言われたとき、弥吉の嘲罵《ちょうば》は、自己卑下のお面《めん》をかぶった彼の嘲罵は、たちまち翼を得、光彩を放つにちがいない。

「私なんぞもうだめだ。こんな老いぼれはもう物の役には立ちません。百姓仕事の真似事《まねごと》をしておっても、年寄の冷水と言われるくらいで、私なんぞの出来ることと謂《い》ったら、もう盆栽いじりくらいのものだ。……しかし私は後悔していない。私はこのとおり満足しておる。あなたを前にしてこう言うのもどうかと思われるが、こういう時代に時代の表面に出てゆくことは危険この上なしという気が私にはするのです。いつひっくりかえるかわからない、そうでしょう、何もかも見かけの世の中だ。平和も見かけなら不景気も見かけ、してみれば、戦争も見かけなら好景気も見かけ、この見かけの世界で多く人が生死《いきしに》しておる。人間だから生死《いきしに》は当然のことです。これは当然のことだ。しかしこんな見かけだけの世界では、そこに命を賭《か》けるに足るものが見つからない。そうでしょう、『見かけ』に命を賭けては道化になる。しかも私という人間は命を賭けねば仕事のできない男です。いや、私ばかりがそうなのじゃない。苟《いやし》くも仕事をしようとすれば、命を賭けずに本当の仕事ができるものではない。私はそう思います。すると現在世間で活躍しておられる方々は、命を賭けるに足る仕事をもたずにしかも仕事をして行かねばならない気の毒な方々だと申さねばならん。まあ、そういうことです。……それはそれとして、私は老いぼれだ。もう先が永くない。曳《ひ》かれ者の小唄《こうた》と思って、腹を立てずにおいて下さい。私は老いぼれだ。粕《かす》だ。酒をとったあとの、粕汁《かすじる》にでもするほかはない粕だ。そんなものから二番煎《せん》じの酒を搾《しぼ》りとろうというような、殺生《せっしょう》な話はありません」

弥吉が大臣に嗅《か》がせようとしている鼻薬は、名聞《みょうもん》も利欲も徒《あだ》と思わせる「悠々自適《ゆうゆうじてき》」という名の鼻薬であった。こんな鼻薬がどんな利得を約束するのか？それはつまり、弥吉の隠棲《いんせい》に、社会的な評価を賦与《ふよ》してくれるだろう。世を慨《うれ》たむ老鷹《おいたか》の、隠された爪《つめ》の鋭さを買いかぶってくれるだろう。

朝《あした》に木蘭《もくらん》の墜露《ついろ》を飲み
夕《ゆうべ》に秋菊の落英《らくえい》を餐《くら》ふ

応接間の扁額には弥吉自身の揮毫《きごう》になる、彼の好きな離騒経《りそうきょう》の対句《ついく》が掲げてある。一代分限《ぶげん》がこれだけの趣味に達するのはなかなかのことで、ただ一つ持前の偏屈が、彼の趣味眼を育ててくれたのだとすると、この小作人風な偏屈は、やはりどこかで弥吉の野心にブレーキをかけて来たのかもしれない。生れのよい人間は滅多に風流になんぞ染ったりはせぬものだ。

午後まで杉本一家は多忙を極めた。弥吉は大袈裟《おおげさ》に迎える必要はないと再々言う。しかしその言葉どおりにすれば御機嫌《ごきげん》のわるいことはわかっている。謙輔一人は二階にひっそりと隠れて労役を避けた。悦子と千恵子は彼岸《ひがん》の中日のおはぎの重詰は手軽に片附けて、万一あるべき夕食の支度にかかり、秘書官と運転手の分までの用意を整えた。大倉の細君が呼ばれて、雞《とり》を絞めに来る。絣《かすり》のアッパッパを着た彼女が雞舎《けいしゃ》のほうへ行くと、浅子の二人の子供は面白《おもしろ》がってついて行った。

「いけませんよ。雞を絞めるところを見に行ってはいけないといつも言ってるでしょう」

浅子の叫び声が家のなかから響く。

料理も裁縫も出来ないくせに、子供に小市民的な教育をさずける才能はふんだんに持っているつもりの浅子である。彼女は信子が大倉の娘から赤本の漫画を借りて来るたびに怒っていた。そしてとりあげた漫画の代りに、英語の絵解きの絵本をあてがった。信子は王女の顔を青いパステルで塗りたくってその仕返しをした。

悦子は戸棚《とだな》から出した春慶塗《しゅんけいぬり》の膳《ぜん》を一枚一枚拭《ふ》きながら、かすかな戦《おのの》きで、絞めころされる雞の叫びを待った。息で膳を曇らせては拭く。飴《あめ》いろの漆《うるし》が、曇るそばから霽《は》れて悦子の顔を映す。この不安な繰り返しのなかで、彼女は一羽の雞が絞められている納屋《なや》の光景を思いえがいた。

納屋は厨《くりや》の裏口につづいている。大倉のがに股《また》の細君が雞をぶらさげて納屋へ入ってゆく。納屋の内部は午後の日ざしに半ば照らされ、そのために暗い部分は一そう暗く見え、鈍い鍛鉄《たんてつ》の反射のえがく輪廓《りんかく》が、奥に立てかけられた鍬《くわ》や鋤《すき》の所在をわずかに示す。朽ちかけた雨戸の二三枚が壁に凭《もた》れている。畚《もっこ》がある。殺虫剤の硫酸銅を柿の木に撒《ま》くための噴霧器がある。かしいだ小さな椅子《いす》に細君が腰かけて、その太い木の瘤《こぶ》のような膝《ひざ》のあいだに、もがいている雞の翼をしっかりと挟《はさ》む。そこではじめて彼女は、自分をつけて来た二人の子供が、納屋の入口で彼女の一挙一動をじっと見戍《みまも》っているのに気づく。

「いけませんよ、お嬢さま、お母さんに叱《しか》られますよ。あっちへおいでなさい。お子たちの見るものじゃありませんよ」

雞がわめく。気配をききつけて、雞舎のほうでも朋輩の雞たちがざわめきだす。信子と、信子に手を引かれた幼ない夏雄とは、逆光の影に目だけをかがやかせて、大倉の細君が体じゅうで羽搏こうともがいている雞の上へうつむきざま、面倒くさそうにその頸《くび》のほうへと両手をのばすのを、息を呑《の》んで見戍りながら立ちつくしている。……

——悦子はやがて、混乱した、どう叫んでよいかわからない、間に合せの、ありったけの、苛立《いらだ》たしい雞《にわとり》の叫びを聴くのであった。

弥吉が客の来ない焦躁《しょうそう》を隠し了《おお》せて、一向待ちくたびれていないように見せかけていたのも、せいぜい四時ごろまでのことである。庭の楓《かえで》の下蔭が濃くなると、不安にかられている表情を正直に示しはじめた。いつになく刻みを多量に吸った。それからまた、そそくさと梨畑《なしばたけ》の手入れに立った。

悦子は彼のために、墓地門前のドライヴ・ウェイの終点まで、杉本家をめざして来る高級車のありやなしやを看《み》に行った。橋桁《はしげた》にもたれて、遠くゆるやかに迂回《うかい》しているドライヴ・ウェイの彼方《かなた》を見遣《みや》った。

ここで鋪装《ほそう》が終っている未完の自動車路《みち》、取入れのちかい豊かな田圃《たんぼ》や、立ち並んだ唐黍《とうきび》畑や、杜《もり》やそのかげのささやかな隠沼《こもりぬ》や、阪急電車の線路や、村道や、小川や、それらさまざまのもののあいだを目路《めじ》のかぎり走っている自動車路を、この末端からこうして眺《なが》めていると、悦子は気の遠くなるような心地がした。この路を伝って一台の高級自動車が悦子の足許《あしもと》まで来て止まるという想像は、空想をこえて、奇蹟《きせき》にさえ近いように思われる。子供たちにきくと、午《ひる》ごろには二三台の自動車がここに止まっていたということだ。しかし今はその気配もない。

『そうだ、きょうは御中日《おちゅうにち》だった。それなのにどうしたというのだ。午前中からつくり出したお萩《はぎ》も、目ざとい子供たちに荒らされぬように、お重に詰めて戸棚へしまったまま、誰《だれ》一人それを思い出さないほどの忙しさだ。私は仏壇の前に一度は額《ぬか》ずいた。それもただ毎日のように御線香を立てただけだ。日がな一日、生きている人の来訪を待ちわびて、誰の心も死者のことを忘れてしまっていたのだ』

服部《はっとり》霊園の門から墓参の一家族が賑《にぎ》やかに後先《あとさき》しながら出てくるのを見ると、それはありふれた中年の夫婦と女学生もまじえた四人の子供たちである。子供たちは容易に一団を成さずに、たえず引返したり、先に駈けて行ったりする。よく見ると車廻しの円形の芝生《しばふ》の上の、ばったの捕りっこをしているのである。芝生に足を踏み入れずに、いちばん沢山ばったを捕った子供が勝だ。芝生は徐々に暮れかかる。入口の奥に見渡たされる墓地も、こんもりした木立や叢《くさむら》が、綿が水を含むように、おもむろに影に浸されてくる。ただ遠い丘陵の斜面の墓地だけが入日に明るく、墓石や常緑の木叢《こむら》を残んの太陽が赫《かが》やかせている。その斜面だけがまるで静かな光りにてらされた顔のようにみえる。

悦子は中年の夫婦が全く子供たちに無関心に、微笑しながら、何か話し合って歩いている姿を莫迦《ばか》らしいと思った。彼女のロマネスクな考え方によると、良人《おっと》は必ず浮気をするものであり、妻は必ず苦しむものであり、中年の夫婦は倦《あ》き果てて口も利《き》かなくなるか、憎み合って口も利かなくなるか、そのどちらかでなければならない。しかるにこの派手な縞《しま》の上衣《うわぎ》に替りズボンの紳士も、藤いろのスーツに、魔法罎《びん》が首を出している買物袋をぶら下げた奥さんも、まるで物語と縁もゆかりもない人たちのようにみえる。この人たちはこの世の物語を食後の話題にして忘れてしまう人種に属している。

橋のところまで来て、夫婦は子供を呼んだ。そしてほかに人影のない道のあとさきを不安そうに見まわした。そうしたすえに、悦子に近づいた紳士が、鄭重《ていちょう》にこう訊《たず》ねた。

「一寸《ちょっと》おたずねしますが、阪急の岡町駅へゆく道は、こっちの道をどう曲って行くんでしょうか」

悦子が田園をとおり府営住宅のなかをゆく近道を教えているあいだ、夫婦は悦子の正確な東京の山手言葉に目をみはっていた。いつのまにか四人の子供も群がってきて悦子の顔を見上げている。七つぐらいの男の子が彼女の前へそっと握り拳《こぶし》をさし出して、その拳をすこし緩《ゆる》めてみせた。そしてこう言った。

「ほらね」

小さな指の檻《おり》のあいだから、身をかがめている淡緑色のばったがみえる。虫は指のかげでそろそろと肢《あし》をのばしたり引込めたりしていた。

上の女の子が子供の手を下から乱暴に平手で突き上げた。子供は思わず指をひらいた。飛び出したばったは土の上で一ト跳《は》ね二跳ねすると、道ばたの叢のなかへ飛び込んで見えなくなった。

姉弟喧嘩《きょうだいげんか》がはじまる。両親が笑いながら叱る。一行は悦子に目礼しながら、また同じようなのんびりした行軍をつづけて、草深い畦《あぜ》みちを遠ざかった。

悦子はふと自分のうしろに、杉本一家の待ちかねている自動車が停《とま》っていはしないかと思って振向いた。自動車路には、やはり見渡すかぎり車影がない。そして道の上はすこしずつ影が増し、仄暗《ほのぐら》くなっていた。

皆が寝床に就《つ》く時刻まで、とうとう客は訪れなかった。一家は重苦しい空気に押しひしがれ、苛々《いらいら》して口も利かない弥吉に倣《なら》って、仕方なしにまだ客が来る見込がありそうな顔をしていた。

悦子がこの家へ来て以来、これほどに一家こぞって待ち設けられたものは他にはない。弥吉は忘れているのか彼岸《ひがん》の中日のことは口にも出さない。彼は待っている。待ちつづけている。希望と絶望とにかわるがわる傷つきながら、かつて悦子が良人の帰宅を待ったように、あてどもなく、あらゆるものから放置された状態で。

「まだ来る、まだ大丈夫来る」

この言葉を言うのがおそろしい。そう言ってしまったら本当に来ないように思われるのだ。

多少は弥吉の気心を呑込《のみこ》んでいる悦子にしても、彼の今日一日を充《み》たした希望が、単なる栄達の機会への希望だと思いはしない。しかしわれわれはむしろ、自分が待ちのぞんでいたものに裏切られるよりも、力《つと》めて軽んじていたものに裏切られることで、より深く傷つくものだ。それは背中から刺された匕首《あいくち》だ。

弥吉は協同組合役員に電報を見せてしまったことを後悔していた。これを機会にあいつらは弥吉に「見捨てられた男」というレッテルを貼《は》るであろう。役員は大臣の顔を一ト目見たいと言い張って晩の八時ごろまで杉本家にとどまって小まめに手伝った。そして彼は、弥吉の焦躁《しょうそう》を、謙輔のからかい半分の蔭口を、一家総出の歓迎の準備を、近づいてくる夜を、疑惑を、決定的に失われはじめた希望を、のこらず見てしまった。

悦子はと言えば、この一日の出来事から、何ものをも待ってはいけないという教訓を学ぶのであった。それと共に、希望を裏切られた弥吉の、何とかして心を傷つけられまいとする苦しい足掻《あが》きに、彼女は米殿村《まいでんむら》へ来てはじめての奇妙な親愛の感情をおぼえた。ともするとあの電報は、大阪に多い弥吉の知己の誰《だれ》かが宴会の即興に、半ば酩酊《めいてい》の勢いで書きなぐった悪戯《いたずら》の電文かもしれないのであった。

悦子はそれとなく弥吉にやさしくした。彼に同情ととられることを警戒して、目立たない内輪な仕方で。

夜の十時をすぎて、心の挫《くじ》けた弥吉は、今までにない謙抑《けんよく》な恐怖を以《もっ》て、良輔のことを考えた。一生のあいだ一度も考えたことのない罪という観念を心の隅《すみ》で弄《もてあそ》んでみた。その観念は重みを増し、味わえば苦《にが》い甘味を舌に与え、取扱次第では心に媚《こ》びて来る観念でもあるように思われだした。それが証拠に、今夜の悦子は、いつにもまして美しく見えた。

「御中日をざわざわしてすごしてしまったな。命日には東京へ一緒に墓参りに行こうじゃないか」

と彼が言った。

「行かして下さるの」と悦子は聞きようによっては喜びのこもってきこえる調子で言った。しばらくして、又言った。「お舅様《とうさま》は良輔さんのことを何もお気になさることはございませんの。あの人は生きていらしたときから、私のものではございませんでした」


……それから雨にふりこめられた二日がつづいた。そして三日目、九月二十六日は快晴であった。一家は溜《たま》った洗濯《せんたく》ものに朝から忙しい。

悦子は弥吉の継《つ》ぎだらけの靴下《くつした》を干しながら、(彼は悦子が自分のために新しい靴下を買ったりすれば怒るであろう)、ふと三郎があの靴下をどうしたかが気になり出した。今朝見たとき、彼はあいかわらず素足に破れた運動靴を穿《は》いていた。そしていくらか親しみを増したかに思える微笑で、奥様、おはようございますと言った。彼の汚れた踝《くるぶし》は、草の葉に切られたらしいささやかな傷あとをのこして、運動靴の破れから覗《のぞ》いていた。

『よそ行きに使うつもりでとってあるのかしら。大して高価な品でもないのに、ほんとうに田舎の少年の考えることと謂《い》ったら……』

しかし、靴下をどうして穿かないの、と訊ねることは彼女には出来ない。

厨《くりや》の前の四本の大きな椎《しい》の枝に縄《なわ》が張られ、洗濯物はその縦横に張られた麻縄を隈《くま》なく占領して、栗林《くりばやし》のなかを吹き抜けてくる西風にはためいている。繋《つな》がれたマギは頭上にひるがえるこの白い影の戯《たわむ》れに、何度も居ずまいを直しては、また思い出したように断続的に吠《ほ》えた。悦子は干し了《おわ》って洗濯物のあいだを見てまわった。すると吹きつのって来た風が、まだ濡《ぬ》れている白い前掛を、彼女の頬《ほお》にいきなり張りつけた。このさわやかな平手打ちは悦子の頬をほてらせた。

三郎はどこにいるのであろう?

今朝がた見た彼の傷ついた汚れた踝を彼女は目をとじて思いうかべた。彼のちょっとした癖、彼の微笑、彼の貧しさ、彼の服の破れ、そのすべてが悦子の気に入った。彼の可愛《かわい》らしい貧乏! なかんずくそれが悦子の気に入った。男が処女に於《お》いて賞《め》でるような羞恥《しゅうち》の代役を、彼の貧乏は悦子の前に演じていたのである。

『もしかして自分の部屋で、大人しく講談本に読み耽《ふけ》ってでもいるのかしら?』

悦子はエプロンの裾《すそ》で濡れた両手を拭《ふ》きながら厨を横切った。厨の裏木戸のそばに芥箱《ごみばこ》がある。美代がいつも残肴《ざんこう》や腐った野菜を捨てるドラム缶である。それが一杯になると、彼女は堆肥《たいひ》をつくる畳二帖《じょう》ほどの切穴へ捨てに行った。

悦子はドラム缶のなかに思いがけないものを見出《みいだ》して立止った。黄いろくなった菜《な》と魚の骨の下から、あざやかな新らしい布地がのぞいていたのである。紺の色に見おぼえがある。彼女はそっと指をさし入れて布地を引出した。靴下だった。紺の一足の下から茶いろの一足があらわれた。一度も足をとおした形跡はない。百貨店の商標が針金でとめられたままである。

彼女はしばらくこの思いも寄らぬ発見の前に佇《たたず》んだ。靴下は指を離れて、ドラム缶の汚れた残肴の上に横たわった。ものの二三分もそうしていると、悦子はあたりを見まわして、胎児を埋める女のように、そそくさと二足の靴下を黄いろい菜っ葉や魚の骨の下に埋めた。手を洗った。洗いながら、再びエプロンで両手を念入りに拭きながら、考えつづけた。考えは容易にまとまらない。まとまるさきに説明を要しない怒りがこみ上げてきて彼女の行動を決定した。

出窓の前に現われた悦子を見て、寝部屋の三畳で仕事着に着かえようとしていた三郎は、あわててワイシャツの釦《ボタン》をはめながら畏《かしこ》まって坐《すわ》った。袖《そで》の釦はまだはめていない。彼は悦子の顔をちらと窺《うかが》った。悦子はまだ何も言い出そうとしない。袖の釦をはめた。まだ黙っている。三郎は彼女の顔がすこしも表情をうごかさないのにおどろいた。

「このあいだ上げた靴下をどうして？　見せてくれないこと？」

悦子はものやわらかにこう言ったが、聞く耳には、必要以上の気味のわるい優しさを帯びて聞かれる。彼女は怒っていた。理由もつきとめずに、たまたま感情の片隅に生れたこの怒りを、悦子は自ら拡大し敷衍《ふえん》した。それなしには、こんな質問を敢《あえ》てすることのできない悦子にとって、怒りはただ目前の必要から生じた切実で抽象的な感情である。

三郎はその黒い小犬のような目に動揺をあらわした。はめ了った左袖の釦をまた外してはめた。今度は彼がいつまでも黙っている。

「どうしたの？　何故《なぜ》黙っているの？」

悦子は出窓の欄干に腕《かいな》を横たえた。なぶるように三郎をじっと見詰めた。怒りながら、この刹那《せつな》々々の快楽を味わった。何ということだ！　今まで想像もできなかった。こんな風に勝ち誇った気持で、貪《むさぼ》るように、このうつむき加減の浅黒いしなやかな頸《くび》を、そのさわやかな剃《そ》りあとを、眺《なが》めていることができるとは。……悦子の語調には愛撫《あいぶ》の調子がしらずしらず籠《こも》った。

「いいのよ、そんなに恐縮しなくたって。あたくし、見てしまったんだから。芥箱のなかへ捨ててあるのを。……捨てたのはあなたなの？」

「はい、私であります」

三郎はためらわずにこう答えた。この答が悦子を不安にした。

『誰かを庇《かば》っている。そうでなければ、ほんのすこしでもためらいがみえてよい筈《はず》だ』

忽《たちま》ち悦子は自分の背後に啜《すす》り泣きの声をきいた。美代が背丈に比べて大きすぎる古い鼠《ねずみ》いろのセルの前掛で顔を覆《おお》って泣いていた。嗚咽《おえつ》のあいだから、とぎれとぎれにこう言うのがきこえる。

「私が捨てたんです。私が捨てたんです」

「どうしたっていうの？　何を泣くことがあるの？」

悦子はこう美代に言いかけながら、ふと三郎の顔を見た。彼の目は焦躁をあらわして美代に語りかけたがっている。この発見が、前掛を美代の顔からはぎとる悦子の手つきを、ほとんど残酷なものにした。

美代のおびえている真赤な顔が前掛のかげからあらわれた。ありふれた田舎娘の顔である。どちらかといえば、涙によごれた顔は、醜いと云ったほうが庶幾《ちか》い。熟柿《じゅくし》のように、つつけば崩《くず》れそうなほど真赤にふくれた頬、薄い貧しい眉毛《まゆげ》、何も語ることのできない鈍感な大きな瞳《ひとみ》、つまらない鼻、……ただ唇《くちびる》の形がすこしばかり悦子を苛《いら》立《だ》たせる。悦子の唇はふつうよりも薄手である。しかるにこの嗚咽にふるえている、涙と水洟《みずばな》に濡れて光っている唇は、桃のような生毛《うぶげ》に縁取られ、適度の、いわば小さな愛らしい真紅の針差しほどの厚みを持っている。

「わけを仰言《おっしゃ》いよ。別に靴下を捨てたって何とも思いはしなくてよ。ただ訳《わけ》がわからないから、きいているのよ」

「はい……」

三郎は美代が言おうとする言葉を遮《さえぎ》った。敏捷《びんしょう》な言葉づかいは、ふだんの彼を贋物《にせもの》のように思わせた。

「本当に私が捨てたのです、奥様。私が自分で穿くのは勿体《もったい》ないと思って、それでわざと捨てたのです。私であります、奥様」

「そんな理窟《りくつ》に合わないことを言ってもだめよ」

美代は三郎の行為が悦子の口から弥吉に告げられ弥吉は必ずや三郎を折檻《せっかん》するだろ

うと想像した。三郎をしてこれ以上庇わせてはならない。そこで三郎の言葉を遮ってこう言った。

「私が捨てましたんですの、奥様。三郎さんが奥様からいただいたって、すぐ私に見せて呉《く》れましたのです。そこで私、奥様がただそんなものを下さるわけがないって、しつこく疑ったんですの。……そうしたら三郎さんが怒って、お前に呉れてやると言って、置いて行きましたんですの。……そこで私、男の靴下は女の穿けるものではないから、捨てましたんですの」

美代はまた前掛をもちあげて顔を覆った。……これなら理に叶《かな》っている。「男の靴下は女には穿けない」という可愛らしいこじつけを除いて聴けば。

悦子は何事かを了解した。そしてだるそうな口調で言った。

「いいのよ。泣くことはないのよ。千恵子さんたちに見られたら何と思われるかわかりはしないわ。靴下の一足や二足のことでこんな大さわぎすることはなかったんだわ。いいのよ。涙をお拭きなさい」

悦子は三郎の顔をわざと見ない。美代の肩を抱いてその場から連れ去った。彼女は自分が抱いている肩を、その薄汚れた衿足《えりあし》を、手入のよくない髪をしげしげと見た。

『こんな女を！　事もあろうに、こんな女を！』

晴れやかな秋空が点綴《てんてい》された椎《しい》の梢《こずえ》からは、今年はじめて聞くように思われる百舌《もず》の叫びが落ちて来たが、これに気をとられて、雨の名残《なご》りの水溜りにとられた美代の足が、悦子の裾《すそ》に泥《どろ》を跳ね上げたので、悦子は、あ、と言って手を離した。美代は突然地面に犬のように蹲踞《つくぼ》うた。そしてさきほど自分の涙を拭いたセルの前掛で、悦子の裾を丹念に拭いた。

この無言の忠実な振舞には、するに委《まか》せて無言で立っている悦子の目にも、田舎娘のいじらしい術策とよりは、むしろふてくされた慇懃《いんぎん》な敵意と映る何かがあった。

——ある日悦子は、三郎が例の靴下を穿いて、何事もなかったように、無邪気ににっこりと会釈《えしやく》するのを見た。

……悦子は生甲斐《いきがい》が出来た。

その日から十月十日の忌《いま》わしい秋祭りの日の出来事まで、悦子は生甲斐を以《もっ》て生きた。

悦子は決して救済をねがわなかった。そういう彼女にも生甲斐が生れるとはふしぎなことだ。

人生が生きるに値いしないと考えることは容易《たやす》いが、それだけにまた、生きるに値いしないということを考えないでいることは、多少とも鋭敏な感受性をもった人には困難であり、他ならぬこの困難が悦子の幸福の根拠であったが、彼女にとっては世間で「生甲斐」と呼ばれるようなもの、——つまり、われわれは生きる意味を模索し、なおそれを索《もと》め得ないでいるあいだも、とにかく生きているのであり、この生の二重性を、求め得られた生の意味の遡及《そきゅう》によって、統一しようとする欲望がわれわれの生の本体だとすると、生甲斐とはたえず現前するこの統一の幻覚、まだ遡及すべからざる生の意味を仮に遡及してみるところから生ずる生の統一の幻覚に他ならないのであるが——、そういう意味の「生甲斐」と呼ばれるようなものは、悦子には縁もゆかりもない代物《しろもの》だった。悦子に芽生えた思いがけない奇矯《ききょう》な植物のような「生甲斐」とは、想像力と幻覚とを峻別《しゅんべつ》する彼女の判断が、むしろ想像力の範疇《はんちゅう》に入れたもので、想像力は悦子にとってはうまく訓練された危険であり、目的地と到着時刻とに甚《はなは》だ忠実な冒険飛行であった。彼女には乞食《こじき》の巧みな指先が自分の着物の虱《しらみ》を一匹のこさず潰《つぶ》すのと似た才能があって、この才能は彼女の想像力を忽《たちま》ち駆り立て、彼女が生存の無意味を考えないためのあらゆる資料を、——つまりそれにもかかわらず彼女がそれを考えないと云いうる根拠に、彼女の生存を無意味ならしめるあらゆる資料を——、蒐《しゅう》集《しゅう》させ、このためには多少とも悦子に希望の外見を示して瞞著《まんちゃく》しかかる事物の悉《ことごと》くを、丹念に潰してまわるのであった。執達吏《しったつり》のようにこの想像力は希望をくつがえし、その裏に差押の封印を貼《は》るのであった。これにまさる情熱はありえない、というのは、この世の情熱は希望によってのみ腐蝕《ふしょく》されるからである。

ここに至って悦子の本能は、狩人の本能に似通った。たまたま遠方の小藪《こやぶ》のかげに野兎《のうさぎ》の白い尾がうごくのを見ると、彼女の狡智《こうち》は研《と》ぎすまされ、その全身の血はあやしく波立ち、筋肉は躍動し、神経組織は飛んでゆく一本の矢のように束ねられて緊張した。こうした生甲斐を持たぬ閑日月には、一見別人のようになった狩人は、炉辺のうたた寝のほかの何ものをも希《ねが》わない怠惰な明暮《あけくれ》を送るのであった。

ある人たちにとっては生きることがいかにも容易であり、ある人にとってはいかにも困難である。人種的差別よりももっと甚だしいこの不公平に、悦子は何ら抵抗を感じなかった。

『容易なほうがいいにきまっている』と彼女は考えた。『なぜかといえば、生きることが容易な人は、その容易なことを生きる上の言訳になどしないからだ。それというのに、困難のほうはすぐ生きる上の言訳にされてしまう。生きることが難しいなどということは何も自慢になどなりはしないのだ。わたしたちが生の内にあらゆる困難を見出《みいだ》す能力は、ある意味ではわたしたちの生を人並に容易にするために役立っている能力なのだ。なぜといって、この能力がなかったら、わたしたちにとっての生は、困難でも容易でもないつるつるした足がかりのない真空の球《たま》になってしまう。この能力は生がそう見られることを遮《さまた》げる能力であり、生が決してそんな風に見えては来ない容易な人種の、あずかり知らない能力であるとはいえ、それは何ら格別の能力ではなく、ただの日常必需品にすぎないのだ。人生の秤《はかり》をごまかして、必要以上に重く見せた人は、地獄で罰を受ける。そんなごまかしをしなくっても、生は衣服のように意識されない重みであって、外套《がいとう》を着て肩が凝るのは病人なのだ。私が人より重い衣裳《いしょう》を身にまとわなければならないのは、たまたま私の精神が、雪国に生れてそこに住んでいるからのことにすぎぬ。私にとって生きることの困難は、私を護《まも》ってくれる鎧《よろい》にすぎないのだ』

……彼女の生甲斐は、もう明日をも明後日をも、あらゆる未来を重荷と思わせなかった。それが重荷であることには変りがないが、重心の或る微妙な転位が、悦子をして身も軽々と未来へ向わせた。希望によってかというと、決してそうではない。……

悦子は日もすがら三郎と美代の行動を監視した。彼らがどこかの木蔭で唇《くちびる》を合わせはすまいか、彼らが深夜かけ離れた寝間と寝間とのあいだに何らかの糸をつなぎはすまいか、……その発見は彼女を苦しめることにしか役立たない筈であるのに、さればといって、不確定から来る苦しみはそれ以上のものに思われるので、悦子は二人の恋の証拠を探しまわるために、どんな卑劣な行動をも敢《あえ》てする決心だった。結果だけから見れば、彼女の情熱は、人が自分を苦しめるためにそそぎうる情熱の限りのなさを、不気味なくらい確実に証明するものだった。希望を失うためにだけこれほどまでに注がれる情熱は、ともすると、人間の存在のあらわな形式、それが流線型であれ穹窿《きゅうりゅう》形《けい》であれ、或る存在の形式の、忠実な模型であるのかもしれなかった。情熱というのは一個の形式であって、それだからこそ人間の生命をあれほど十全に発揮させる媒体ともなるのである。

いたるところに二人を監視している悦子の目に、気附いた人は一向なかった。むしろ悦子は落着いていつもより働らくように思われた。

かかる間《あいだ》に、悦子はかつて弥吉がしたように、三郎や美代の部屋を、かれらの不在をねらって点検した。何の証拠もあらわれない。この二人は日記なんかつける人種に属していない。恋文を書く能力もなければ、愛の一刻々々を記憶のなかに記念しようとするあのやさしい共謀、現在がすでに追憶の美しさを以て立ち現われるように配慮された愛の共謀をも知らないにちがいない。彼らは何の記念も何の証拠ものこさずに、ただ二人でいるとき、目と目を見交わし、手と手を、唇と唇を、胸と胸を、……それから、もしかすると、あそことあそこを！……ああ！　何という容易《たやす》さだ！　何というまっすぐな美しい抽象的な行動だ。言葉も要らず、意味も要らない、槍《やり》を投げるために競技者がとる姿勢のような、単純な目的のためにとられた必要にして十分なその姿勢、その行動、……その行為すべてが何という単純な抽象的な美しい線に則《のっと》って行われることだろう。そんな行為に何の証拠が残ろう。野面《のづら》を一瞬にしてとびすぎる燕《つばめ》のようなそういう行為に。……

悦子の夢想は、しばしば逸脱して、彼女の存在が宇宙的な闇《やみ》のなかにただ一つ大ぶりに振れている美しい揺籃《ようらん》に乗せられたかのようなあの一瞬に、その揺籃をはげしく揺《ゆ》っているきらめく噴水の水柱にまで及んだ。

美代の部屋で悦子が見たものは、セルロイドの枠《わく》に入った安っぽい手鏡、赤い櫛《くし》、安クリーム、メンソレータム、たった一枚の秩父銘仙《ちちぶめいせん》の矢絣《やがすり》の外出着、皺《しわ》だらけの帯、真新らしい腰巻、真夏に着る不恰好《ぶかっこう》なワンピース、その下に着るシュミーズ、(夏のあいだ、美代はこの二枚だけで平気で町へ買物に出かけるのだ)、頁《ページ》という頁が汚れた造花のようにめくれている古い婦人雑誌、田舎の友達のめそめそした手紙、……それからそのどれにも一、二本ずつこびりついている赤っ茶けた脱け毛。

三郎の部屋で悦子が見たものは、もっと単純な生活の部分品にすぎない。『あの二人は私の探索の先をくぐるほど、それほど用意周到に立ちまわっているのかしら？　それとも謙輔さんから借りて読んだポオの或る小説のように、「盗まれた手紙」はいちばん目にふれやすい状差にさしてあるので、却《かえ》って私の細かすぎる詮索《せんさく》から、見のがされているのかしらん？』

……三郎の部屋を出ようとした悦子は、たまたま廊下をこちらへ来る弥吉に会った。廊下はこの部屋が行き詰りである。弥吉がこの部屋へ来るためでなくてその廊下を来る道理がない。

「ここにいたのかい」

そう弥吉は言った。

「ええ」

悦子は弁解がましい返事をしなかった。そして二人が弥吉の部屋へかえってくるとき、それは決して窄《せま》すぎる廊下ではなかったが、老人の体は悦子の体に無器用にぶつかった、すねている子供が母親に手を引かれて歩きながら、何となく体をぶつけるように。

部屋におちついてから弥吉がこう訊《たず》ねた。

「何しに行ったんだね。あいつの部屋なんかへ」

「日記を見にまいりましたのよ」

弥吉は口を不明瞭《ふめいりょう》に動かして、そのまま黙った。


十月十日はここ数ヶ村の秋祭の日である。三郎は青年団の若者たちに誘われて、日没前から支度をして出て行った。祭は雑沓《ざっとう》を極めるので、幼ない子供をつれて歩くのは危険である。そこで行きたがる信子と夏雄を引止めるために、浅子が子供と一緒に留守居を引受けた。夕食後、弥吉、悦子、謙輔夫婦は、美代を連れて、里祭を見に村社へ赴《おもむ》いた。

すでに日の暮れ方から遠近《おちこち》に太鼓の音がひびいている。それにまじって、何か喚声《かんせい》のような、歌声のようなものが、風の調子できこえる。暗い夜の田園をつらぬいて流れるこれらの叫喚《きょうかん》、森のなかで啼《な》き交わす夜の禽《とり》や獣たちの歌のようなこれらの叫喚は、静けさを乱さずに、むしろそれを深める役目をする。大都市から遠く隔らない地だけ方でも、田舎の夜は、それほど深いのである。虫の音《ね》ははや所まばらに聞かれるだけだった。謙輔と千恵子は祭へ出かける身仕度がすんだひとときを、二階の窓を開け放って四方《よも》の太鼓の音をきいた。あれは多分駅前の八幡宮の太鼓である。あれは明らかにこれからゆく村社の太鼓である。あれはおそらく隣り村の役場の前で、鼻に白粉《おしろい》を塗った小さな子供たちが、かわるがわる叩《たた》かせてもらっている太鼓である。その音はいちばん稚《おさ》なく、ときどき途絶えた。

こういう当て物の言い争いに興じながら、意見が岐《わか》れて口喧嘩《くちげんか》をはじめる夫婦の若々しさは、まるで芝居をやっているのじゃないかと思われるほどで、三十八歳と三十七歳になる夫婦の会話とは思えなかった。

「いいえ、あれは岡町の方角です。あの太鼓の音は駅前の八幡様のです」

「君も強情だな。六年も住んでいて駅の方角がまだわからないの」

「それじゃ磁石と地図をもって来て頂戴《ちょうだい》」

「そんなものはここにはございません、奥様」

「あたくしは奥様だけど、あなたはただの旦《だん》ツクよ」

「そりゃあそうだよ。ただの旦ツクの奥様になんて誰《だれ》でもなれるというものじゃないんだ。世上一般の奥様は、みんな局長の奥様か、魚屋の奥様か、トランペット吹きの奥様か、なんだ。あんたは仕合せ者だな。ただの旦ツクの奥様たるや、奥様中の出世頭《がしら》でね、雌として雄の生活を独占していられるんだよ。雌にとってこれ以上の出世はないじゃないか」

「意味がちがうのよ。あなたも月並な旦ツクだと申上げたのよ」

「月並とは素晴らしいな。人間の生活と芸術との最後の一致点が月並ということでね。月並を軽蔑《けいべつ》するのは負け惜しみだし、月並を怖《こわ》がるのは人間がまだ青い証拠なんだ。芭蕉《ばしょう》以前の談林《だんりん》風の俳諧《はいかい》だの、子規以前の月並俳諧には、月並の美学がまだ死んでいなかった時代の生活力がみちみちているからね」

「あなたの俳句と来たら、月並俳諧の最《さい》たるものね」

……こんな調子の、地面から四五寸足の浮いたような会話が永々とつづいたが、一貫した感情の主題がそこにはあって、その主題というのは、千恵子が良人《おっと》の「学識」に捧《ささ》げている限りない尊敬の念であった。一昔前の東京のインテリにはこういう夫婦がめずらしくなかったものである。今以《もっ》てこの良風美俗を遵奉《じゅんぽう》している彼らは、流行おくれの女の髪型が、田舎へ来るといまだにハイカラ顔をしていられるようなものだった。

謙輔は煙草《たばこ》に火を点じて窓に凭《もた》れた。煙を吹く。煙は窓にちかい柿《かき》の梢《こずえ》に纏綿《てんめん》して、夜の大気のなかへ、水にただよう白髪《しらが》の一束のように流れてゆく。しばらくして、こう言った。

「まだ親爺《おやじ》の仕度は済まないのかな」

「悦子さんの御仕度がすまないのよ。お舅《とう》さまが帯を結ぶお手伝いでもしていらっしゃるんでしょう。あなたは本気になさらないでしょうけれど、悦子さんのお腰巻の紐《ひも》までお舅さまが締めておあげになるのよ。いつも彼女の御召更《か》えの時は、あの部屋を閉め切って、こそこそ話しながらやっていらっしゃるから、その時間のかかることと謂《い》ったら……」

「親爺も晩年になって大変な道楽をおぼえたもんだな」

二人の話は自然に三郎の上へ落ちて行ったが、このごろ悦子は落着いて来て三郎を諦《あき》めたのだろうという結論に到達した。噂《うわさ》というものは事実よりもたいてい真当《まっとう》な筋道を辿《たど》ってくれるもので、噂よりも事実のほうが嘘《うそ》つきな場合がままあるものだ。

村社へゆくには裏手の林間をとおって、この春花見をした松林へむかう別れ道を、松林とは反対の方角へしばらくゆき、藺草《いぐさ》と菱《ひし》に覆《おお》われた沼のほとりを通って、急坂を下りれば人家が並んでいる。この村の家々のむこう側の山腹に神社があるのである。

美代が提灯《ちょうちん》をもって先に立たされ、謙輔はうしろから懐中電灯で足もとを照らした。

別れ道のところで田中という実直な百姓に会う。田中も祭へゆく途中なので、一行のあとをついて来る。彼は笛を携えていて、その練習をしながら歩いた。思いがけない巧妙な笛の音《ね》は軽快な節だけに却《かえ》って物悲しく、提灯を先に立てた一行はおかげで葬列のようにひっそりとした。景気をつけるために、一節毎《ごと》に謙輔が手を拍《たた》いたので、皆も拍いた。沼のおもてへ拍手はうつろに反響した。

「却ってここへ来ると太鼓の音が遠くなったね」

と弥吉が言った。

「地形の加減ですよ」

謙輔がうしろのほうからそう答えた。

そのとき美代がつまずいて危うく転びかけたので、謙輔が代って提灯をもって先達《せんだつ》になった。このうすぼんやりした娘に案内させるのは無理だというのだ。謙輔が美代から提灯を手渡されるのを、路傍へ身を除《よ》けていた悦子は目のあたり《ま》に見た。提灯の灯火のせいか、美代の顔いろはこころもち蒼《あお》い。目にも光りがない。心なしか息づかいまでが苦しげである。……こうした観察を、提灯が手から手へ渡される一瞬に照らし出された美代の上半身から、その一瞬のうちにとらえうるほど、悦子の目はちかごろ観察に習熟していた。

ある。

しかしこの発見はすぐに忘れられた。急坂にさしかかった一行は、人家の軒という軒に下っている大きな祭礼の提灯の美しい火のいろに、口々に嘆声を洩《も》らしたからである。

村の人たちはおおかた祭礼へ出かけて留守なので、留守居の村は提灯ばかり明るくてひっそりかんとしている。杉本家の人々は村を貫流する小川の石橋を渡った。昼間はこの川に泛《うか》べられ、夜は鳥屋《とや》へ入れられている鵞鳥《がちょう》たちが、時ならぬ人のざわめきに愕《おどろ》いて啼きだした。夜啼きをする赤ん坊の声にそっくりだと弥吉が言ったので、皆は夏雄とそのだらしのない母親を思い出して可笑《おか》しがった。

悦子は一帳羅《いっちょうら》の矢絣《やがすり》を着ている美代のほうを見る自分の目が、われしらず険《けん》のある目になってはしまいかと警戒した。この警戒は杉本家の人たちを憚《はばか》ってではない。そういう視線を浴びた当の美代が、悦子の嫉妬《しっと》を嗅《か》ぎとることを警戒したのである。こんな薄ぼんやりした田舎娘に嫉妬を気取《けど》られるという想像は、想像だけでも、悦子の自尊心をずたずたにする。顔いろがすぐれないせいか、それとも秩父銘仙の矢絣のせいか、今夜の美代は多少美しくないでもなかった。

『好い加減な世の中になったものだわ』――と悦子は考えた。『少くとも私が子供のころまでは、女中が縞物《しまもの》以外の着物を着たりすることは御法度《ごはっと》だったものだわ。女中風情《ふぜい》が派手な矢絣を着たりすることは、しきたりを壊《こわ》すこと、世間の秩序に唾《つば》を引っかけることだったんだわ。亡《な》くなったお母様だったら、そんな大それた女にはその日のうちに暇をおやりになったことだろう』

下から上を見たときも、上から下を見たときも、階級意識というものは嫉妬の代替物になりうるのだ。悦子が三郎に対しては、ついぞこんな大《おお》時代な階級意識を抱いたことがないのでも、それは明白だった。

悦子は田舎ではあまり見られない散らし菊の御召の着物に、すこし短かめに誂《あつら》えた漆の羽織を着て、とっときのウビガンをほのかに薫《かお》らせていた。田舎の村祭に不似合なこの香水は、明らかに三郎のためのものである。そんなこととは知らない弥吉がうつむいている彼女の衿元《えりもと》にまで香水の噴霧器を向けたのであった。あるかなきかの肌《はだ》いろの生毛《うぶげ》が、ごく微細な香水の滴《しずく》を宿して真珠いろに光るさまは、比べるものがないほど美しい。もともと肌理《きめ》のこまかい悦子の肌には、弥吉の占有に委《ゆだ》ねられているこうした奢侈《しゃし》な部分と、土にまみれて骨太になった手の肌のような実質的な部分とが、まるで矛盾した形でいながら、何のおそれげもなく繋《つなが》り合い、その泥《どろ》だらけの手は、やがて、匂《にお》うような胸へ、どこからどこまでが境界ということもなくつづいていた。弥吉にしてみれば、こんな人工的な矛盾を作って、はじめて彼女を本当に占有したという気持の安息へ、自分自身を招き入れることができたのであろう。

一同は米の配給所の角を曲った露地に、アセチレン・ランプの異臭を突然嗅《か》ぎ、それに照らし出された夜店の賑《にぎ》わいをはじめて見た。飴《あめ》屋がある。束ねた藁《わら》に柄《え》をさして売っている風車売がある。紙の花傘《はながさ》を売る隣りでは、季節外れの花火やメンコや風船を売っている。祭の季節になるとこれらの商人は、大阪の駄菓子《だがし》屋から売れ残りの品を安値で仕入れ、肩紐《かたひも》のついたドラム缶をかついだ風態《ふうてい》で、阪急梅田駅構内をうろつきながら、相手かまわず話しかけて、きょうはどこの駅で下りれば祭にぶつかるかを訊《たず》ねるのである。岡町駅前の八幡宮の境内で、すでに競争相手に地の利を占められているのを見た人たちは、第二の候補地であったこの村社の境内へ、売上金への過大な夢を半ば諦《あきら》めながら、もう先を争っても仕方がないというだらけた歩調で、三々五々野道を伝わって来たのである。そのためかここには老人や老婆の物売りが多かった。

子供たちが楕円形をえがいて走るように訓練された玩具《おもちゃ》の自動車のまわりに輪を作っていた。杉本家の人たちは一つ一つの夜店をのぞいて歩き、一個五十円の自動車を夏雄のために買う買わないで議論がもち上った。

「高い。高い。悦子が大阪へでも行ったときに、買って来てもらうほうが安上りだ。

それにこういう店では、今日買うと明日壊れるような品物ばかり売っているんだ」

　この結論を弥吉が大声で言ったので、玩具屋の老人はおそろしい目つきで弥吉を睨《ね》めつけた。弥吉が睨《にら》み返す。勝負は弥吉の勝になった。諦めてまた子供相手の口上《こうじょう》にかかった老人をあとに、弥吉は子供らしい勝利感に酔って一の鳥居をくぐって石段を昇った。

　事実大阪よりも米殿《まいでん》のほうが物価が高かった。已《や》むをえないものだけ米殿で買う。一例が下肥《しもごえ》である。「大阪の屎《ばば》は値がよい」と言われるだけあって、冬は一車二千円もする。牛車で大阪から仕入れてくる百姓があって、原料が上等なだけによく利《き》くのである。大阪の下肥は、このあたりのものより、弥吉はしぶしぶこれを買った。

　石段を昇りかけると、一同は潮《うしお》のような轟《とどろ》きが頭上に襲いかかるのを感じた。石段の上の夜空には火の粉が舞い散り、喚声にまじって竹のはぜる音がしたたかに耳朶《じだ》を搏《う》った。古い杉の梢を無慚《むざん》に照らしだして躍動している篝火《かがりび》の焔《ほのお》が眺《なが》められた。

「ここから上ると、お社《やしろ》まで辿《たど》りつけるかどうかわからないな」

　謙輔がこう言った。そこで一行は石段の中腹から迂回《うかい》して拝殿のうしろへまわる九《つ》十九折《づらおり》の小径《こみち》をとった。拝殿に辿りついたとき目立って息を切らしているのは、弥吉よりもむしろ美代である。彼女はおおきな掌で、血の気のない両頰を不安そうにこす

ってい た。

拝殿の前面は、火と叫喚との轟く渦《うず》のなかへ船首《みよし》を向けている艦橋のような有様だった。渦へ入ってゆけない女子供が、ここに立って広庭の擾乱《じょうらん》を見下ろしている。石階《いしばし》と石の欄干が、その擾乱から彼らを辛うじて護《まも》っている。しかし彼らが無言でいるのは理由があった。火の影と、これを遮《さえぎ》ってすぎる人影とが、たえずここの人たちの顔の上を、欄干においたその手の上を、石階の上を、おちつきなく駈《か》けめぐっていたからである。

時あって篝は甚《はなは》だしく火勢を増し、焔があだかも大気を蹴《け》るような身振をすることがある。すると見物の女子供の顔は、――そこにはすでに杉本家の人たちが加わっていたが――、あざやかな反映で隈取《くまど》られ、軒に下った振鈴を繫《つな》ぐ古布は、まともに受けた西日のような茜《あかね》に染った。又しても躍りあがるように影が昇ってゆき、このつかのまの光輝を舐《な》めつくした。すると気むずかしげに黙っている真黒な人の一団が石階の上に残った。

「まるで、どうも気違い沙汰《ざた》だな。あの中に三郎がいるんだな」

謙輔は揉《も》み合っている眼下の群衆を眺めながら、独り言のようにこう言った。横を見ると悦子の羽織の脇《わき》がすこし綻《ほころ》びている。彼女自身はそれに気づいていない。今夜の悦子はふしぎになまめかしいと彼は思った。

「おや、悦子さん、羽織が綻びてるよ」

言わでものことを言うのが彼の流儀である。

この時たまたま新たな喚声が起って、無用の忠告は悦子の耳には届かなかった。篝火の悲劇的な反映に照らされた彼女の横顔は、いつもよりすこしいかつく、すこしく荘厳に、またすこしばかり酷薄に見えた。

広庭の群衆はたえず三方の鳥居のいずれかへ狂奔しては揉み合っている。一見秩序のなさそうに見えるこの動きを、一頭の獅子頭《ししがしら》が支配している。歯嚙《はが》みをしながら獅子は緑いろの母衣《ほろ》の鬣《たてがみ》をなびかせて、波を切って進むように馳駆《ちく》するのである。この操《あやつ》り手は、たちまち汗みずくになって交替を余儀なくされる三人の浴衣《ゆかた》の若者であった。獅子のあとを百人あまりの若者が手に手に白張の提灯をかかげて追ってゆく。獅子を央《なか》にして、提灯ごと体をぶつけ合ってはしばらく揉み合う。やがて獅子は怒りに猛《たけ》ったように、これをのがれて別の鳥居へむかって駈ける。そのあとをまた百人あまりの若者が追う。火がまだ点《つ》いている提灯は稀《まれ》で、あらかた破れて柄《え》だけになったのも知らずにかざしている。そしてたえず声をかぎりの喚声をあげていた。広庭の中央には篠竹《しのだけ》がそそり立ち、その下には火が焚《た》かれ、いきおい火は篠竹をつたわって爆竹の響を立てる。火に包まれた竹が倒れると、また新たな篠竹を立てるのである。庭の四隅に設けられた篝火は、この狂おしい焚火《たきび》に比べれば、まだしも火勢において穏やかであった。

常日頃は冒険に縁のない村人たちは、ふりかかる火の粉を冒して、獅子に従って揉み合う若者たちのほとんど衝動的な過激な動きのあとを、ぞろぞろと倦《あ》きもせずに追いかけて眺めていた。この群衆のほうは、一見もの静かな内に、粘着力のある波動をしじゅうたたえていて、そのひしめき合いは最前列の見物を、揉み合う若い衆のなかへあやうくのめらせた。団扇《うちわ》をもった年嵩《としかさ》の世話役たちが、若者たちの煽動《せんどう》と見物人の交通整理をかねて、この二つの集団のあいだに位して声を嗄《か》らしていた。

そしてこれらの全貌《ぜんぼう》は、拝殿の石階の上から見ると、焚火のまわりをのたうちまわっている巨大な、仄暗《ほのぐら》い、ところどころが鱗光《りんこう》を放っている蛇体《じゃたい》としか思われなかった。

悦子の目は白張の多くの提灯がはげしくぶつかり合うあたりへ向けられていた。弥吉も謙輔夫婦も美代も、すでに彼女の意識には存在しない。この叫喚の本体、この狂乱の本体、このおそろしい激越な運動の本体……、悦子の直観は定かならぬ酩酊《めいてい》のために飛躍して、その本体こそは三郎であり、三郎であるべき筈《はず》だと考えた。この渦巻いている生命力の無益な濫費《らんぴ》は、ほとんど光り輝くもののように悦子には思われ、彼女の意識はこの危険な混沌《こんとん》の上に置かれて、まるで焙烙《ほうろく》の上に置かれた氷片のように融《と》けた。悦子は自分の顔が時折焚火や篝火の焔のために、容赦なく照らし出されるのを感じていた。それが、ゆくりなくも、良人《おっと》の柩《ひつぎ》を運び出すためにあけた扉《とびら》から、なだれ落ちて来たあの十一月の日光の夥《おびただ》しさを思い出させた。

千恵子は悦子の目が三郎を探していることを見てとった。しかしもとより、悦子の探しているものがそれ以上のものだとは考えもしない。持ち前の親切気を出して、こう言った。

「まあ、面白《おもしろ》そうだわ。あの中へ行ってみない。ここにいては、田舎の野蛮なお祭り気分は味わえやしないわ」

謙輔は妻の目くばせでこの申出の底意を察した。弥吉はどうせついて来られそうもないこんな提案が、弥吉への小さな復讐《ふくしゅう》ともなれば一石二鳥だ。

「よし、勇気をふるって行ってみよう。悦子さんも行かない？　まだ若いんだから」

弥吉は在《あ》り来《きた》りな渋面を作った。そういう些《さ》細《さい》な表情の変化で人を左右して来た男の、自信ありげな渋面である。昔はこの渋面ひとつで、重役に進退伺いを出させることもできたのだ。しかし悦子は弥吉の顔を見ずに、すぐさま応じた。

「ええ、お供するわ」

「お舅《とう》さまは？」

と千恵子が言った。

弥吉は答えないで、美代に渋面を向けて、ここに御主人と一緒に留まるべきだということを納得させた。

「ここで待ってるから、……なるべく早く」

彼は悦子のほうを見ずにこう言った。

悦子は謙輔夫婦と手をつないで石階を下りた。手をつないだまま海へ分け入るように、どよめいている群衆のなかへ分け入った。上で見ているよりは、この見物人たちはのんびりと動いている。うすぼんやり口をあけた無気力な顔の集積を横切って、前のほうへ出てゆくことは造作もない。

悦子は耳もとで、焼かれた竹が炸裂《さくれつ》する爽《さわ》やかな音をきいた。どんな不快な響きも、今の彼女の耳には爽やかに聞かれたであろう。この些細なことには動かされなくなった、鼓膜を裂くような危険をしか求めなくなった柔らかな耳は、却《かえ》ってひたすら自分の内側に住む感情の、同じ律調に聴《き》き入るのである。

人々の頭上を、突然金いろの歯をむきだして、獅子頭が波立ちながら別の鳥居のほうへ移って行った。忽《たちま》ち混乱が起り、人波は左右へ分けられる。悦子の目の前を、眩《まば》ゆいものが一団になってよぎった。それは焔に映えた半裸の若い衆たちの一団である。あるものは髪をかき乱し、あるものは白い鉢巻《はちまき》の結び目をうしろに靡《なび》かせて、獣のような声で口々に叫びながら、蒸れるような匂《にお》いを放った風を捲《ま》き立てて、悦子の前を疾駆してすぎると見る間《ま》に、その栗《くり》いろの半裸は忽ちぶつかり合い、堅い肉と肉とがぶつかる暗澹《あんたん》とした響きや、汗に濡《ぬ》れた皮膚と皮膚とが貼《は》りついて離れる明るいきしめきが、あたりの空気を充《み》たした。そして暗がりでもつれ合う彼らの裸かの脚《あし》は、無数にうごめいている別の生き物のように無気味であった。誰《だれ》一人として自分の脚がどの脚かを知っている男はないのではないか？

「三郎はどこにいるんでしょうね。裸かになると誰が誰だかわかりはしないな」――謙輔は迷児《まいご》にさせないつもりで、妻と義妹の両肩へ手をかけたままこう言った。悦子の滑らかな肩は、ともすると彼の掌を脱《のが》れようとする。

「全くね」と自分で合槌《あいづち》を打ちながら、彼は喋《しゃべ》りつづけた。「裸かになると人間の個性の根拠なんて薄弱なものだってことがわかるな。思想の型だって四つぐらいあれば十分だということもわかるな。肥《ふと》った男の思想と、痩《や》せた男の思想と、背高《せいたか》のっぽの思想と、小男の思想とね。顔だって、どの顔を見ても、目が二つしかないし、鼻と口が一つずつしかありはしない。一つ目小僧も居はしない。いちばん個性を表明している顔でさえ、せいぜい他人と区別する記号の役にしか立ちはしない。恋愛なんて、記号が記号に恋してるにすぎないんですな。肉体関係にひとたび入れば、これはもう、無記名と無記名の恋だからな。混沌《こんとん》と混沌、無個性と無個性の単性繁殖にすぎませんよ。男性も女性もあったものじゃありませんよ。そうだねえ、千恵子」

流石《さすが》の千恵子もうるさそうに鼻のさきで合槌を打った。

悦子は失笑した。耳もとでたえず呟《つぶや》いている、むしろ失禁しているようなこの男の思考力。そうだ、これはまあいわば「脳髄の失禁」だ。なんという悲しげな失禁《おもらし》だろう。この男の思想は、丁度この男のお尻《しり》ぐらい滑稽《こっけい》だ。しかしもっと根本的な滑稽さは、彼のこのような独白のテンポが、目の前の叫喚の、動揺の、匂いの、躍動の、生命力のテンポとまるで合わないことだ。こんな演奏家をオーケストラから放り出さない指揮者があったらお目にかかりたいものだ。ところがえてして場末のオーケストラは、調子外れを容認したまま進行するのだ。……

悦子は目をみひらいた。彼女の肩はやすやすと謙輔の粘ついた掌を脱《のが》れた。三郎を見たのである。彼の寡黙《かもく》な唇《くちびる》は、叫ぶためにあからさまに開いている。のぞかれる鋭い歯並《はなみ》は、見事な白い光沢《こうたく》に、篝火の焔を映してかがやいている。……悦子は彼の、決して悦子のほうへは向けられていない瞳《ひとみ》にも、照り映えている篝火を見るのであった。

このとき再び獅子頭は、群衆からぬきん出てあたりを睥睨《へいげい》するように思われたが、それは忽ち狂おしく方向を転じ、緑の鬣《たてがみ》をひるがえして見物のなかへ分け入った。拝殿正門の鳥居をめざして駈けるあとから、半裸の若者たちが雪崩《なだれ》を打った。悦子の足は、彼女の意志の羈絆《きはん》を離れて、このひしめき合う一団のあとを追った。うしろのほうで謙輔が、悦子さん悦子さんと呼ぶ。千恵子らしいけたたましい笑い声も、これにまじってきこえる。悦子は振向かない。彼女は内面的なものがあいまいな不安定な泥濘《ぬかるみ》の中から立上って、彼女の外面へ、ほとんど膂力《りょりょく》のような一種の肉体的な力になってひらめき出るのを感じた。人生には何事も可能であるかのように信じられる瞬間が幾度かあり、この瞬間におそらく人は普段の目が見ることのできない多くのものを瞥見《べっけん》し、それらが一度忘却の底に横たわったのちも、折にふれては蘇《よみがえ》って、世界の苦痛と歓喜のおどろくべき豊饒《ほうじょう》さを、再びわれわれに向って暗示するのであるが、運命的なこの瞬間を避けることは誰にもできず、そのためにどんな人間も自分の目が見得る以上のものを見てしまったという不幸を避けえないのである。……悦子は今なら出来ないことは何一つなかった。頰《ほお》は火のようである。無表情な群衆に押されながら、正門鳥居のほうへ半ばつまずきながら駈けるうちに、彼女はほとんど最前列に在《あ》った。襷《たすき》をかけた世話役の団扇《うちわ》が胸に当っても、その打撃は一向に感じられない。麻痺《まひ》状態とはげしい昂奮《こうふん》とがせめぎ合っていたのである。

三郎は悦子に気づいていなかった。たまたま彼の浅黒い肉附きの見事な背中は、おしよせる見物のほうへむけられて、その顔は叫びながら中心の獅子頭へ向って挑《いど》んでいた。すでに灯《ひ》の消えた提灯は、のびやかな腕に高くかかげられ、ほかの提灯のようなぶざまな破れ目は見られなかった。彼の躍動している下半身は仄暗く、むしろ動きの乏しい背中が火明りと影との乱舞に委《ゆだ》ねられて、目まぐるしく動いているように見え、その肩胛骨《けんこうこつ》のあたりの肉の揺動は、羽搏《はばた》いている翼の筋肉のように眺められる。

悦子の指はそれに触れたいとひたすらにねがった。どういう種類の欲望かはわからない。比喩《ひゆ》的にいうと、彼女はあの背中を深い底知れない海のように思い、そこへ身を投げたいとねがったのである。それは投身者の欲望に近いものであったが、投身者の翹望《ぎょうぼう》するのは必ずしも死ではない。投身のあとに来るものが、今までと別なもの、兎《と》にも角《かく》にも別の世界のものであればよいのである。

このとき群衆の中に或《あ》る強い波動が起って人々を前へ押しやった。半裸の若者たちはこれと反対に、気まぐれな獅子の動きにつれてうしろに退《すさ》った。悦子はうしろから押されてつまずきかけたときに、のしかかって来る熱い火のような裸の背中に前から襲われた。彼女は手をさしのべて、これを支えた。三郎の背中である。悦子の指は、やや日を置いた餅《もち》のような背中の肉の感触を味わった。その荘厳な熱さを味わった。……うしろの群衆がさらに押してきたので、彼女の爪《つめ》が鋭く三郎の肉に立った。昂奮から三郎は痛みも感じない。この狂おしい揉《も》み合いのなかで自分の背中を支えている女が誰であるかをも知ろうとしない。……悦子は彼の血が彼女の指のあいだに滴《したた》るのを感じた。

世話役の制止は一向に功を奏しそうにも見えなかった。一団になって揉みあう狂気の群衆は、広庭の中央でしきりに音を立ててもえさかっている篠竹のちかくへ来た。焚火が踏みにじられる。跣足《はだし》の人たちですら、すでに熱さを感じない。篠竹は火に包まれて、古い杉の梢《こずえ》をあかあかと照らし出す火の粉の真紅《しんこう》の煙をあげていた。もえている竹の葉は、入日をまともにうけたような黄であった。わななき、炸裂しているこの細い火柱は、帆柱のようにしばらく左右へ大振りに揺れていたが、突然揉み合っているい群衆の上へ倒れかかった。

悦子は髪に火がついて大声で笑っている女を見たように思う。それからは確かな記憶が辿《たど》れない。ともかく彼女は逃げ了《おお》せて、拝殿の石段の前に立っていた。目に映る空が火の粉で充たされた一刹那《せつな》を思いうかべた。しかしそれが怖《おそ》ろしいこととは思えない。見れば若者たちは又別の鳥居へむかって争って駈けてゆく。群衆は今しがたの恐怖も忘れたように又ぞろぞろとそのあとをついて歩いてゆく。……何事もない。

悦子一人がどうしてここにいるのか。彼女は広庭の地面に舞いつづけている炎と人影の綾織《あやおり》をふしぎそうに見戍《みまも》った。

――悦子はいきなり肩を叩《たた》かれた。粘りつくような謙輔の掌である。

「ここにいたの、悦子さん、心配しちまったよ」

悦子は黙って何の感情もなく彼を見上げた。彼はしかし、息せき切って言葉をついだ。

「それより大変なんだよ。来て下さいよ」

「何かあったの?」

「まあ、来て下さいよ」

謙輔は彼女の手を引張って、大股《おおまた》に石階《いしばし》を昇った。さっき弥吉と美代のいたところに人垣《ひとがき》が作られている。謙輔が人を押しわけて、悦子をみちびき入れた。

二つ並べた縁台の上に美代が仰向けに横たわっていた。千恵子が帯を緩《ゆる》めようとして、その体の上へかがみ込んでいる。弥吉は手もちぶさたに立ちはだかったままである。美代は着附が下手なために緩んだ胸もとの肌《はだ》を見せて、口をうすくあけて失神していた。よじれたような恰好《かっこう》をして垂れた手の、指さきが甃《いしだたみ》に届いていた。

「どうしましたの？」

「いきなり倒れよったんだ。脳貧血だろう。さもなけりゃ、てんかんだろう」

「お医者様を呼ばなければいけないわ」

「いま田中が連絡してくれた。担架をもって来てくれるそうだ」

「三郎に知らせて来ましょうかしら」

「いや、よろしいよ。大したことはなさそうだ」

謙輔はこの草いろの女の顔を直視するにたえなくて、目をそらした。彼はいわゆる虫も殺せない男である。

とこうするうちに、担架が来て、田中と青年団の青年が二人でかついだ。石段を下りるのは危険である。謙輔が懐中電灯で道を照らしながら九十九折《つづらおり》をそろそろと下りた。懐中電灯の光りはたまたま美代の頑《かたく》なに目をとじた顔を照らして能面のように見せる。ぞろぞろついて来る子供たちがこれを見て、ふざけ半分の悲鳴をあげた。

弥吉は何かたえずつぶやきながら担架に附き従った。呟《つぶや》いていることは言わずと知れている。

『……恥さらしだ。つまらぬ噂《うわさ》の種だ。とんだ面《つら》よごしの病人だ。事もあろうに、祭の最中に……』

医院は幸い露店のあいだを通らないですむ一角にある。担架は一の鳥居をくぐると、暗い往還のひとつへ入った。医院の前には、病人と附添《つきそい》が中へ入ったのちも、物見高い人の群が立去らない。彼らは祭のいつはてるともしれない繰返しに飽《あ》きて、むしろこっちの事件の結果を知りたがっているのである。石を蹴《け》りながら、噂話をしながら、この人たちはたのしそうに待っていた。こんな事件も、予想された祭の副産物の一つなのだ。そのおかげでむこう十日間は話題に困らない秀抜な余興の一つなのだ。

医院は代替りをして、若い医学士が院長である。縁無眼鏡のこの軽薄才子は、死んだ父親や親戚《しんせき》一統の田舎者気質《いなかものかたぎ》を嗤《わら》っていたが、杉本一家の別荘人種気質だけは目の上の瘤《こぶ》なので、道であうと猜疑心《さいぎしん》をちらつかせた愛想《あいそう》のよい挨拶《あいさつ》をした。何の猜疑心かというと、銀流しの都人士気取りを見破られはすまいかという猜疑心である。

病人は診察室へ運ばれ、弥吉、悦子、謙輔夫婦は、庭に面した座敷へ案内されて、そこで待たされた。四人ともあまり喋《しゃべ》らない。文楽の白太夫《しらたゆう》という人形の首《かしら》に似た箒《ほうき》のような眉《まゆ》を、弥吉はそこに蠅《はえ》でもたかったように突然動かしたり、とてつもない音を立てて奥歯の空洞《くうどう》に風をとおしたりした。彼は自分が心ならずも動顛《どうてん》したことを悔んでいた。田中を呼ばなければ、大事《おおごと》にはならず、担架も運ばれず、近くにいた人に気附かれるだけで了《おわ》ったにちがいない。いつぞや彼が協同組合の事務所へ入ってゆくと、談笑していた役員がふいに口をつぐんだ。その一人は大臣の来るべき日に、杉本家へ来ていた役員である。……あれだけでもいい物笑いの種にされている。今度の事件はもっと悪い。……もっと悪意のある臆測《おくそく》の材料にされる危険が多い。……

悦子はうつむいて、膝《ひざ》の上で自分の爪をそろえて見ている。爪のひとつに既に乾いて、代赭《たいしゃ》いろになった血がこびりついている。彼女は殆《ほとん》ど無意識にその爪を唇にあてた。

白い診察着の院長が立ったまま襖《ふすま》をあけて、杉本一家に対する多少晴れがましい磊《らい》落《らく》さをあらわにして、事もなげにこう言った。

「御安心下さい。気がつきましたよ」

弥吉にとって一向にこの報告は関心事ではなかったので、無愛想に訊《き》き返した。

「何でしょうな、原因は」

医学士は襖を閉めて部屋の中へ入って来て、ズボンの筋目を気にして、不器用に坐《すわ》りながら、非職業的な薄ら笑いと一緒に言った。

「御《ご》妊娠《にんしん》です」

第四章

久しく忘れていた良輔《りょうすけ》の思い出が、祭の晩の怖《おそ》ろしい寝苦しさのはてに彼の夢を見てからというもの、ふたたび悦子《えつこ》の日常をおびやかすにいたった。しかしこの影像は、彼の死の直後、感傷的な月暈《つきがさ》のなかに眺《なが》めた影像と事かわり、裸かの、有害な、有毒でさえある影像だった。この影像に在《あ》っては、彼との生活は、秘密の部屋でひらかれるいかがわしい学校、そのはてしもしれない課業に変貌《へんぼう》した。良輔は悦子を、愛するというよりは教育した。教育するというよりは仕込んだのである。あだかも香具師《やし》が因果娘にさまざまな芸当を仕込むように。

錯倒した忌《いま》わしい残酷なその授業時間、強《し》いられる無数の諳誦《あんしょう》、鞭《むち》、懲罰、……これらは悦子に、『嫉妬《しっと》を禁断しさえすれば、愛さなくてすむ』という狡智《こうち》を教えた。

この狡智をわがものにするために、悦子は全力を使った。徒《いたず》らに全力を使った。そして果さなかった。……

愛さないですむためにならﾞ、どんな労苦も忍ぼうとまで悦子に思わせるにいたった酷薄な課業……、その課業が悦子に教えた狡智の処方……、しかもこの処方は、何らかの薬品の欠如によって無効であった。

彼女はその薬品が米殿《まいでん》にあると考えた。それは見つかった。悦子は安心していた。まさかにこれも、巧みな贋《にせ》ものの無効の薬品であろうとは！　……それは贋物だった。怖れていたことが、危惧《きぐ》していたことが再来した。……

——医学士が薄笑いをうかべて、

「御妊娠です」

と言ったとき、悦子は胸に甚《はなは》だしい痛みを感じた。顔から血の気の引くのが感じられ、口は嘔吐《おうと》を催おすほどの烈《はげ》しい渇きを訴えた。気取《けど》られてはならない。彼女は弥《や》吉《きち》や謙輔《けんすけ》や千恵子が、不まじめな、というよりは頓狂《とんきょう》な、愕《おどろ》きの表情をうかべるのを眺《なが》めていた。そうだ、こういう場合は愕くのだ。愕かねばならない。

「まあ、いやだ。開《あ》いた口がふさがらないわ」

と千恵子が言った。

「呆《あき》れたもんだね、このごろの娘と来たら」

弥吉がつとめて軽快に調子を合わせた。これは医者に対して、この事件は儂《わし》には無関係だぞということを納得させる含みだった。彼がいちばんはじめに計算したのは、医者や看護婦に与える口止め料の額であった。

「呆れるわね、悦子さん」

そう千恵子が話しかけた。

「ええ」

悦子は硬い微笑を洩《も》らした。

「あなたったら、あんまり愕かない性質《たち》ね。泰然自若《たいぜんじじゃく》たるものね」

と千恵子が重ねて言った。

その筈《はず》だった。悦子は愕いてなぞいなかった。彼女は嫉妬していたのである。

謙輔夫婦はといえば、彼らはこの事件を、大そう面白《おもしろ》がっていた。道徳的偏見をもたぬことが夫婦の自慢の長所であったが、この自称の長所のおかげで、彼らは弥次馬《やじうま》から正義感をマイナスしただけの存在におちついていた。火事場見物は誰《だれ》しも好きなものだが、道路で見るより物干で見ているほうが高級だとはいえないのである。

偏見でない道徳などというものがあるだろうか？　こういう近代趣味の理想郷が、彼らを退屈な田舎ぐらしにどうやら耐えさせているところの夢であった。その夢の実現のために持っている唯一《ゆいいつ》の武器が、彼らの忠告、彼らの専売特許である御親切な忠告なのであった。おかげで少くとも精神的には、結構彼らは忙しい思いをしていた。精神的な多忙、実はこれは病人の領分なのだ。

千恵子が胸の鳴るほど良人《おっと》の奥床しさに讃仰《さんぎょう》の念を感じている一例に、謙輔は誰にもそれをひけらかすことなしに、ギリシャ語が読めるのだった！　これは少くとも日本ではめずらしいことである。彼はまたラテン語文法の二百十七の動詞の変化を諳《そら》んじていた。ロシヤの数多い小説の長ったらしい登場人物の名前をのこらず弁《わきま》え、そうかと思うと、日本の能楽が世界最高の「文化的遺産」(この言葉が彼は大好きだった)の一つであること、「その洗練された美意識は優に西欧の古典に匹敵する」こと、等々について長広舌をふるうことができた。著書が一向に売れないので自分を天才だと思っている著者のように、一向講演の依頼が来ないので、彼は自分の説が世に容《い》れられない説だと信じていた。

この知識的な夫婦の確信は、ちょっと手を下しさえすれば人生はどうにでも変化するという、懐《ふとこ》ろ手の確信であって、退役軍人のようなこの種の自負を、どこから仕込んで来たかと考えるのに、それはどうやら謙輔がいちばん軽蔑《けいべつ》している杉本弥吉の遺伝であるのかもしれなかった。偏見もなく私心もない彼らの忠告に従って行動すればよいものを、その忠告にそむいて失敗するのは、ひとえに忠告された者の偏見のなせるわざだと考えられた。彼ら夫婦には、何人《なんぴと》をも責める資格がそなわっている結果、何人をも恕《ゆる》さなければならない不如意《ふにょい》に陥るのであった。そうではないか？　かれらにとってこの世で本当に重要なことは何一つなかったのだから。

自分たちの生活だって、ほんのちょっと手を下せばやすやすと変えられるのだが、さしあたり手を下すのが億劫《おっくう》なだけだと思っている。かれらが悦子とちがう点は、自分たちの怠惰を実にやすやすと愛することができる点だった。

だから祭のかえるさに、謙輔は千恵子と雨雲の垂れて来た道をすこしおくれて歩きながら、期待にわくわくして、美代の妊娠の顛末《てんまつ》を予想し合った。美代は今晩は医院に泊めてもらって、あしたの朝帰って来ることになっていた。

「誰の子供かということになれば、これは議論の余地はないね。三郎だね」

「きまっているじゃないの」

謙輔は自分が妻から毛筋ほども疑われていないことに、柄《がら》にもない寂寥《せきりょう》を感じた。こういう点で、彼は死んだ良輔に軽い妬《ねた》み心を持っている。少し思わせぶりにこう言った。

「僕《ぼく》だったらどうするね」

「冗談を仰言《おつしや》っちゃいや。あたくし不潔な冗談は我慢できない性質《たち》なのよ」

千恵子は両手の指を童女のように耳にあてがった。そうして腰を大ぶりに揺《ゆす》って、すねた。この真摯《しんし》な女は、世俗的な冗談を好まなかった。

「三郎よ。三郎にきまっているわよ」

謙輔にもそう思われた。弥吉はすでに尋常の能力がないのである。悦子を見ていれば、歴然たるものがある。

「どうなることかね。悦ちゃんの顔いろは只事《ただごと》でなかったね」――彼は五六歩前《さき》を弥吉と肩を並べてゆく悦子のうしろ姿を眺めて声をひそめた。悦子はやや肩を怒らせて歩いているように、うしろからはみえる。何らかの感情を堪《こら》えているのにちがいない。

「あれでみると、やっぱりまだ三郎を愛しているらしいな」

「そりゃあ悦子さんにしてみれば辛いわよ。あの人ってどうしてああ不幸なんでしょうね」

「癖になった流産みたいに、癖になった失恋というものがあるもんだよ。神経組織か何かの一部に癖がついちまって、恋愛するたびにきまって失恋する破目になるんだよ」

「でも悦子さんも利巧だから、自分の気持の始末のつけ方は、おっつけ自分で考えるでしょう」
「われわれも親身に相談に乗ってやろうじゃないか」
この夫婦は既製服しか着たことのない人が仕立屋の存在理由を疑うように、出来てしまった悲劇は十分面白がるが、悲劇を仕立てて着る人の存在を疑っていた。悦子はあいかわらず、彼らにとって解《かい》しがたい文字であった。

十月十一日は朝から雨が降っていた。吹き降りなので、一度あけた雨戸を又閉める。しかも昼間は送電されない。土蔵のように暗い階下の部屋々々をつらぬいて、夏雄の泣き声と、これに調子をあわせて面白半分に泣く信子の泣き声を、きいているのは大そう鬱陶《うっとう》しい。信子は祭見物ができなかったのを拗《す》ねとおして、今日学校を休んだのである。

こんなわけで、めずらしく弥吉と悦子は謙輔の部屋へ行った。二階は雨戸がない造りだけに、硝子窓《ガラスまど》が岩乗《がんじょう》に出来ている。雨は吹き込まなかったが、行ってみると一ヶ所に雨洩《あまも》りがして、雑巾《ぞうきん》を入れたバケツが宛《あて》がってある。

この訪問は劃期《かっき》的なものであった。閾《しきい》を高くして我から世界を狭《せば》めて暮している弥吉は、ついぞ謙輔や浅子の部屋をたずねたことがなかったので、おのずから自分の家のなかに自分の立入禁止区域を作ってしまった。その結果、入って来た弥吉を見て、こういうことはソツのない謙輔が、恐懼《きょうく》感激措《お》くあたわざる態《てい》で走りまわって紅茶の用意を千恵子と一緒に整えたことは、弥吉の心証を甚だ良くした。

「構いなさるな。ちょっと避難して来ただけなんだから」

「ほんとうにお構いなく」

そう言っている弥吉と悦子は、まるで子供が会社ごっこをやって、部下の家を訪ねて来た社長夫妻を演じているようである。

「まったく悦子さんって気が知れないわ。お舅様《とうさま》の一寸《ちょっと》うしろに隠れるように坐《すわ》ったりして」

と後《あと》で千恵子が言った。

雨は周囲を濃厚な密度で閉ざしていた。風がやや治まったので、雨の響ばかりが凄《すさ》まじい。悦子は目を転じて、真黒な柿《かき》の幹を墨汁《ぼくじゅう》のように伝って流れる雨水を瞥見《べっけん》した。こうしていると、まるで単調な無慈悲な圧倒的な音楽に閉じこめられている心持だ。この雨音はまるで、数万人の僧侶《そうりょ》の読経《どきょう》の声のようではないか。……弥吉が喋《しゃべ》る。

謙輔が喋る。千恵子が喋る。……人間の言葉の何という無力。何という小狡《こずる》さ。何という徒爾《とじ》。かさかさした、卑小な、それでいて懸命に何かへむかって背伸びをしている、何という繁忙。……誰の言葉もこの無慈悲で力強い雨音には敵《かな》いはせぬ。この雨音に立ちむかい、この雨音の死のような壁を打ち破るのは、こんな言葉に煩《わず》らわされない人の叫びだけだ。言葉を知らない単純な魂の叫びだけだ。……悦子は篝火《かがりび》の焔《ほのお》に照らし出されて目の前を駈けてすぎたあの薔薇《ばら》いろの裸形《らぎょう》の一群を、彼らの若い滑らかな獣の叫びを、思い出した。……あの叫びだけだ。あれだけが重要だ。

悦子はふと我に返った。弥吉の声が高い。彼女の意見が求められていたのである。

「美代をどうするかね。相手が三郎だとすればです、この問題は三郎次第だと私は思う。彼奴《きゃつ》の道義的な態度如何《いかん》に依《よ》ってです、あくまで責任を回避するなら、そういう不徳義な男はこの家に置《や》いてやるわけにはゆかん。暇を出して、美代だけは置いてやる。……その代り美代の子は即刻堕胎《おろ》してしまう。……もしも又です、三郎が真面目《まじめ》に己《おの》れの非をみとめて美代を嫁にとればです、それはそれでいいから夫婦にしてこのまま置いてやる。……この二つのいずれかだな。お前はどう思うね。私の意見は多少過激かもしれんが、新憲法の精神に則《のっと》っておるつもりだよ」

悦子は答えないで、口のなかであるかなきかに「さあ」と言って、端麗な黒い目を空中に見出《みい》だした無意味な焦点にじっと据《す》えていた。雨の響がこの沈黙を許した。……とはいうものの、謙輔はそういう悦子を、ちょっと狂女のようなところがあると思って見た。

「そりゃあ悦子さんにはどっちとも言えないんじゃないかなあ」

と彼が助け舟を出した。

弥吉はしかしにべもなくこれを黙殺した。彼は急《せ》いていた。謙輔夫婦の前でこの二者択一をもちだした弥吉の魂胆は、悦子を試みようという可成《かなり》切実な欲求であって、彼女が三郎を庇《かば》えば結婚を容認するほかなく、また逆に、皆の手前を憚《はばか》って彼女が心にもなく三郎を非難すれば彼の追い出しに同意するほかはない仕組になっている訊問《じんもん》であった。弥吉がこんな謙虚な術策を弄《ろう》する場面を昔の輩下が見たら、己が目を疑ったことであろう。

弥吉の嫉妬《しっと》はいかにも貧しかった。壮年時代の彼だったら、他の男に心を奪われる妻を見れば、粗野な平手打一つでその妄念《もうねん》をさましてやることも出来ただろうと思われる。死んだ妻は幸いそんな気《き》の利いた妄念を起してはくれず、ひたすら弥吉に上流社会風な教育を施すことを可愛《かわい》らしい妄念としていた女だった。現在、弥吉は老いていた。これは内側から来た老いである。丁度内側から白蟻《しろあり》に蝕《むしば》まれた剝製《はくせい》の鷲《わし》のような老いである。……悦子の三郎に対するひそかな愛着を直感しながら、弥吉はこれ以上の強硬手段に訴えることができない。

この老人の目のなかにひらめく嫉妬の力なさ貧しさを見ると、悦子はむしろ自分の嫉妬の能力を、自分の内になお無尽蔵に貯えられていることを不断に感じている「苦しむ能力」を、誰にむかってともなく誇りたい気持になった。

悦子は直言した。晴れ晴れと直言した。

「ともかく私が三郎に会って、本当のところを訊《き》いてみますわ。お舅《とう》さまが直《じか》に仰言《おっしゃ》るより、そのほうがいいと思いますわ」

一つの危険が弥吉と悦子とを同盟関係に置いたのであった。世のつねの同盟国のような利益にもとづくそれではなしに、嫉妬にもとづく同盟関係に。

それからあと、四人はこだわりなく話して正午に及んだ。部屋へ食事にかえった弥吉は、悦子をして上等の芝栗を二合ばかり謙輔の部屋へ届けさせた。

悦子は昼食の支度をしながら、小皿《こざら》を一つ割った。また指にささやかな火傷《やけど》を負った。

弥吉はやわらかいものなら何でも美味《うま》いと言い、固いものなら何でも不味《まず》いと言う。

悦子の料理を褒《ほ》めるのは、味の問題でなく、柔らかさの問題である。縁先を閉ざされた雨の日には、悦子は厨《くりや》へ出て料理を作った。美代の炊《た》いた御飯は温か味を失わないために櫃《ひつ》へ移さずに釜《かま》のまま置かれている。美代は炊きおわって、ここにいない。燠《おき》はすでに尽きている。千恵子のところから貰《もら》って来た火種を七輪へ移すはずみに、悦子は中指に火傷を負った。

この痛みが悦子を苛立《いらだ》たせた。もし彼女が叫ぶとする。声をききつけてやって来るのは、何故《なぜ》か決して三郎ではありえないような気がするのだ。駈《か》けつけた弥吉がはだけた着物の裾《すそ》から醜い茶いろの皺《しわ》だらけの脛《すね》をあらわにして、「どうした」と訊《たず》ねるだろう。決して三郎は来はしない。……突然悦子が気違いじみた笑い声を立てるとする。矢張来るのは弥吉であろう。疑わしそうに目を三角に狭《せば》めて、彼女と一緒に笑ったりせずに、その笑いの意味だけを探ろうと力《つと》めるだろう。……彼はもう女と声を合わせて心おきなく笑えるような年齢《とし》ではない。……しかも彼が彼女の唯一《ゆいいつ》の谺《こだま》なのだ。唯一の反響なのだ。このまだ決して年老いているとは言えない女の。

五坪ほどの厨の土間には、一部に流れ込んだ雨水が澱《よど》んでいたが、硝子戸《ガラスど》の灰色の光線を怠惰になぞっているその反射を、悦子は素足に貼《は》りつく湿った下駄《げた》の上に立ちつくして、火傷の中指を舌さきで舐《な》めながら、放心したように見つめている。彼女の頭のなかは雨の音でいっぱいだ。……

それにしても日常の営みとは滑稽《こっけい》なものだ。彼女の手はほどけたように動きだして、鍋《なべ》を火にかける。水を注ぐ。砂糖を注ぐ。輪切りにした甘藷《かんしょ》を入れる。……今日の中食の献立は、藷《いも》の飴煮《あめに》と、岡町で買った挽肉《ひきにく》と初茸《はったけ》の牛酪《バタ》焙《いた》めと、とろろと、……それが悦子の放心した熱意のようなものの働らきで出来上るのだ。

そうしていながら、彼女はとめどもなく、おさんどんのように夢想にさまよった。

『まだ苦しみはじめていない。どうしたのだろう。まだ本当に苦しみはじめていない。苦しみは私の心臓を氷《こお》らせ、手をわななかせ、足を縛りつけてしまう筈《はず》だ。……こうして料理を作っている、この私は何だろう。何故こんなことをしているのだ。……冷静な判断、正鵠《せいこく》を射た判断、情理兼ねそなえた判断、そんなものが、まだまだ、いやずっと先まで私にも出来そうな気がする。……美代の姙娠《にんしん》で私の苦しみは完成された筈だというのに。まだ何か足りないのかしら。その完成にはもっと怖《おそ》ろしいものが附け加わらねばならないのかしら。

……私はひとまず私の冷静な判断に従おう。三郎を見るのは、もはや私には苦しみであって喜びではない。しかし三郎を見ないでは、私は生きられない。三郎はここを去ってはならぬ。そのためには結婚させなければならない。私と？　何という錯乱だ。

美代と、あの田舎娘と、あの腐れトマトと、あの小便くさい馬鹿《ばか》娘と、だ！　そうして私の苦しみが完成される。私の苦しみは完全なものになる。それこそ余蘊《ようん》のないものになる。……そうすれば多分私はほっとするだろう。つかのまの、いつわりの安堵《あんど》が来るだろう。それに縋《すが》ろう。そのいつわりを信じよう。……』

悦子は窓の框《かまち》で、四十雀《しじゅうから》が囀《さえず》るのを聴いた。窓硝子に額を押しあてて、彼女は小鳥が濡《ぬ》れた翼を羽づくろいする姿を眺めた。小鳥の白い薄い瞼《まぶた》のようなものが、黒いきらきらした小さな瞳《ひとみ》を隠顕させた。咽喉元《のどもと》のすこし笹《ささ》くれ立った羽毛がしきりに動いて、そこからこのもどかしい囀りが洩《も》れてくる。……悦子は何か大へん明るいものを視界の外れに見た。雨がやや小降りになっている。庭のはての栗林の内部が、暗い伽《が》藍《らん》のなかで金いろの龕《がん》をひらいたように、明るんで来たのである。

午後になって雨は全く霽《は》れた。

悦子は弥吉に従って庭へ出て、添木を流されて崩《くず》折《お》れた薔薇《ばら》を直した。或る薔薇は草生《くさふ》を浸している濁った雨水に顔をつっこんでいる。もがいて苦しんだあとのように花弁が水に散っている。

悦子はその一つを援《たす》けおこして、立てた添木に元結《もとゆい》で結《ゆわ》えた。幸いに折れていない。

指にふれた花弁のしっとりした重たさは、弥吉が自慢するだけのことはあった。悦子は指にさわるなり爽《さわ》やかな感触で貼《は》りついてくるこの見事な真紅の花弁に見入った。

ところが、こうした作業に携わっているときの弥吉はというと、ふてくされたような無表情で無言である。護謨《ゴム》の長靴《ながぐつ》を穿《は》いた兵隊ズボンの腰をかがめて、彼は次々と薔薇を立て直した。この黙々とした、感情のまるきりなさそうな顔つきでする労役は、血液の中に百姓気質を失わない人の労役である。こういう時の弥吉は、悦子も好きであった。

たまたま三郎が悦子の目先の石畳の小径《こみち》を通りかかって声をかけた。

「気がつきませんで、すまないであります。今仕度をして来て自分がやります」

「もうすんでしまった。よろしい」

弥吉が三郎の顔を見ずにこう言った。

見ると三郎の浅黒い丸顔が、おおきな麦藁帽子《むぎわらぼうし》の下で悦子に微笑している。破れた麦藁の庇《ひさし》は斜めに下っているので、西日がその額に明るい斑《まだ》らをえがいている。笑う口もとの真白な歯並、雨に洗われたあとのような新鮮なその白さを見ると、悦子は目がさめたように立上った。

「丁度よかった。あなたに話があったのよ。一緒にそこまで来て頂戴《ちょうだい》」

悦子が今まで弥吉の前でこれほど闊達《かったつ》な調子で三郎に物を言いかけたことは唯《ただ》の一度もなかった。たといこれが弥吉を憚《はばか》らない公明正大な物言いであったにもせよ。そればかりか、この言葉はそれだけを抜き出して聴く耳には、露骨な誘引ともとれるものだった。その後に来るべき苛酷《かこく》な任務には目をつぶって、悦子は今自分が言っている深い歓喜の言葉を、半ば酔い心地で言っていたので、彼女の声には期せずして抑《おさ》えがたい甘さが漂った。

三郎は不審そうに弥吉のほうを見た。悦子がすでに彼の肱《ひじ》を押して小径が杉本家の入口へ下りてゆく方角へ促した。

「立ち話ですませるつもりかね」

うしろから弥吉が半ば呆《あき》れた声でこう呼びかけた。

「ええ」

と悦子は言った。彼女の無意識の咄嗟《とっさ》の智恵のはたらきが、三郎との話し合いから弥吉の立ち聴きの機会を失わせたのである。

「あなた、どこへ行くところだったの?」

彼女がまず訊《たず》ねたのはこんな無意味な事柄《ことがら》である。

「はい、手紙を出そうと思ったのであります」

「何の手紙。見せてごらん」

三郎は丸めて掌に握っていた葉書を素直に見せた。郷里の友達がよこした手紙への返事である。甚《はなは》だしく稚拙な字で、わずか四五行の簡単な近況が叙《の》べてある。

『きのうはこちらの祭でした。自分も若い衆というわけですから、出てあばれました。きょうはさすがにくたびれています。しかしあばれるのは、何といっても壮快で、ゆかいです』

悦子は肩をせばめて揺《ゆす》るようにして笑った。

「簡単な手紙ね」

こう言って三郎に返したが、三郎はそう言われたことが不服そうな顔つきであった。石畳の小径に沿うた楓林《かえでばやし》は、雨後の滴《しずく》と西日の滴《した》たりとを、石畳の上へ隈《くま》なく落していた。或る樹《き》はすでに紅葉《もみじ》した下枝をかすかに風におののかせていた。石段へかかるところで、今まで楓の梢《こずえ》が占めていた空が大きく闊達にのぞかれる。二人は空いちめんの鰯雲《いわしぐも》にはじめて気づいた。

この言おうようない愉《たの》しさ、この沈黙の言おうようない豊かさは、悦子に一種のうしろめたい感じを齎《もた》らした。自分の苦しみを完成するために許したわずかな閑暇を、こうまで享楽している自分が怪しまれる。自分はこうしていつまでも埒《らち》もない話をつづけるつもりではないか？　そして肝腎《かんじん》の辛《つら》い話題のほうは出さずじまいになるのではないか？

二人は橋をわたった。小川は水嵩《みずかさ》を増し、土いろの水が奔流しているなかに、流れの方向へ一せいに靡《なび》いている夥《おびただ》しい水草が透かし見られる。新鮮な緑いろの饒多《じょうた》な髪が見えつ隠れつするように思われる。竹藪《たけやぶ》のあいだをとおって、みずみずしい雨後の田圃《たんぼ》のひろがりが見渡される径へ出ると、三郎は立止って、麦藁帽子を脱いだ。

「では、行ってまいります」

「手紙を出しに行くの？」

「はい」

「話があるのよ。手紙はあとでお出し」

「はい」

「街道のほうへゆくと、知った人が沢山いるから、道で会うと面倒だわ。ドライヴ・ウェイのほうへ行って、歩きながら話しましょう」

「はい」

三郎の目に不安の色が見える。あんなによそよそしかった悦子が、こんなに親しげに自分に干渉するのだ。言葉も体もこれほど自分の身近に在《あ》る悦子を感じるのは彼にははじめてだった。

彼は手持無沙汰《ぶさた》に背中へ手をやった。

「背中をどうかしたの」

と悦子がきいた。

「はい。きのう祭がすんだら、背中にほんのちょっぴり怪我《けが》をしていました」

「ひどく痛むの」

悦子は眉《まゆ》をひそめてこうたずねた。

「いいえ。もうすっかり治りました」

三郎は快活にこう答えた。この若い皮膚と来たら、まるで不死身だ、と悦子は思った。

小径の泥濘《ぬかるみ》と濡《ぬ》れそぼった雑草とは、悦子と三郎の素足をよごした。やがて小径の幅は狭まって、並んで通ることができない。悦子が先に立って裾《すそ》を少しからげて歩いた。ふとして三郎が自分のうしろにいないのではないかという不安に襲われ、彼の名を呼びたいと思うのだが、名前を呼ぶこともふりかえることも不自然である。

「自転車じゃなくって？」

悦子は振向いてこう言った。

「いいえ」

三郎の戸惑いしたような顔が目の前に在る。

「そう。今ベルの音がしたようだったけれど」

彼女は視線を落した。三郎の無骨な大きな素足が、彼女の素足と同じように泥濘《ぬかるみ》に汚れているのが、悦子を満足させた。

ドライヴ・ウェイの上にはあいかわらず車影がなかった。そしてコンクリートの路面は早くも乾き、ところどころに鰯雲を映した水溜《みずたま》りを残すばかりで、その白墨で描いたような鮮やかな一線は、縹《はなだ》いろの夕空を戴《いただ》いた地平線へ没していた。

「美代が姙娠した話、知ってるわね」

並んで歩きながら悦子が言った。

「はい。ききました」

「誰《だれ》から？」

「美代さんから」

「そう」

悦子は動悸《どうき》が早まるのを感じた。自分にとって最も辛い事実を、いよいよ三郎の口からきかねばならぬ。この決心の底になお錯雑した希望があって、三郎にれっきとした反証が揃《そろ》っていないでもあるまいと彼女に思わせた。たとえば美代の相手は米殿村《まいでんむら》の某青年で、その男が札つきの不良であるところから、たびたび三郎は美代に忠告したが、この忠告が肯《き》かれなかったとか。……たとえばまた、協同組合役員のすでに妻帯している男とのあやまちだ、とか。

これらの希望と絶望とは、かわるがわる悦子の脳裡《のうり》に、現実化された姿で現前するので、そのおのおのにおびえている彼女の心は、核心に触れた当面の質問を限りなく渋滞させた。雨後のさわやかな大気のなかにひそむ無数の快活な微粒子のようなもの、新らしい結合へと急いで小躍りしている無数の元素のようなもの、それらの透明な気配を鼻腔《びこう》に嗅《か》ぎ、ほてりはじめた頰《ほお》の皮膚に思うさま味わいながら、二人はしばらく黙ったまま無人の自動車路《みち》を歩きつづけた。

「美代の子供はね、」――と悦子が突然言った。

「……美代の子供のね、お父さんは誰なの？」

三郎は答えない。悦子は答を待った。まだ答がない。沈黙は一定の永さに亘《わた》ると意味を帯びるにいたる。その意味を帯びる瞬間を待つことが悦子には耐えがたかった。

彼女は目をつぶり、又ひらいた。むしろ問いつめられているのは彼女のほうではなかろうか？……悦子は麦藁帽子の下で頑《かたく》なな影絵を作ってうつむいている三郎の横顔をぬすみ見た。

「あなたなの？」

「はい。そうだと思います」

「そうだと思いますって、そうではないかもしれないの？」

「いいえ」――三郎は頬を赤らめた。強《し》いてうかべた微笑は、或る角度までしか拡がってゆかずに止《や》んだ。「私であります」

この呆気《あっけ》なさに悦子は唇《くちびる》を嚙《か》んだ。彼女は三郎の否定が、不器用な嘘《うそ》にもあれ一応の否定が、彼女に対する当然の礼儀だと考える気むずかしさに、わずかに託していた希望を失った。もし悦子の存在が彼の心に何ほどかの体積を占めていたならば、こうまであからさまな白状は出来ない筈だった。謙輔や弥吉の断定によって既に彼女にもおおかた自明の事柄だと思われたこの事実、三郎が子供の父親だというこの事実を知ることよりも、むしろ彼女は、それを否定するであろう三郎の羞《はじ》らいと怖《おそ》れとに、一層多くのものを賭《か》けていたのである。

「そう」――と悦子は疲れたように言った。言葉には何ほどの力もない。「それであなたは美代を愛しているの？」

三郎にもっとも理解しがたいのはこの言葉だった。その言葉が彼には自分から遠いところにある、別誂《べつあつら》えの、贅沢《ぜいたく》な語彙《ごい》に属しているように思われた。その言葉には何かしら剰余のもの、切実ならぬ、はみ出したものがあった。彼自身と美代とをつないでいる切実な関係、とはいうものの、必ずしも永続的な関係ではない、ある半径のなかに置かれてこそ引きあわずにはやまないがその外《そと》へ出ればもはや引きあわない磁石のような関係には、愛という言葉は甚だ妥当を欠くように思われた。彼は弥吉がおそらく美代と自分の仲を裂くだろうと予測していた。しかもこの予測は彼を苦しめなかったのである。美代の妊娠を告げられても、一向にこの若い園丁には、父親の自覚が生れなかった。

悦子の詰問《きつもん》は彼にさまざまな回想を強いた。悦子が米殿へ来て、一ト月ほどたった或《あ》る日のこと、弥吉に命じられた美代がシャベルをとりに納屋《なや》へ行った。シャベルは納屋の奥に挟《はさ》まっていてなかなか抜けない。三郎を呼びに来たので、彼が行ってシャベルを抜いた。そのとき美代はこれを抜こうとして力んでいる三郎を声援するつもりか、彼の腕の下へ顔をさし入れて、シャベルにのしかかっている古机を支えていた。黴《かび》の匂《にお》いにまじって、三郎は美代が顔につけているクリームの強い匂いを嗅《か》いだ。引抜いたシャベルを渡そうとすると、美代は受取らずにぼんやり彼を見上げている。三郎の腕がおのずと伸びて美代を抱いた。

あれが愛だろうか？

梅雨《つゆ》のおわろうとするころ、この抑圧された虜囚《りょしゅう》のような季節がもうすこしで終ろうとする熱い焦躁《しょうそう》にそそのかされて、三郎は衝動的に窓から跣足《はだし》で深夜の雨のなかへ跳び下りた。家の半周をめぐって美代の寝間の窓を叩《たた》いた。闇《やみ》に馴《な》れた目は、窓硝子《まどガラス》のなかにしらじらとうかんでいる美代の寝顔を明瞭《めいりょう》に認めた。美代は目をあけた。窓からのぞいている三郎の翳《かげ》になった顔と、その白い歯並びを見た。日頃《ひごろ》は動作の緩慢なこの少女が、敏捷《びんしょう》に夜具を跳ねのけて飛び起きた。寝巻の胸がはだけて、片方の乳房が露《あら》わにみえる。寝巻がはだけているのは乳房の力ではないかと思われるほどに張りつめた弓のような乳房である。美代は窓をきわめて慎重に音を立てずにあけ、顔を見合わせた三郎が、黙って泥《どろ》だらけの足をさし示すと、雑巾《ぞうきん》をとりに立った。そして彼を窓框《まどかまち》に腰かけさせて、その足を手ずから拭《ふ》いた。……

あれが愛だろうか？

三郎は一刹那《せつな》のうちにこれら一連の回想を吟味したが、彼は美代を欲しこそすれ、愛しているようには思われなかった。一日中彼の考えていることは、畑の草取りの予定であったり、もう一度戦争がおこったら海軍に志願したいとねがう冒険の夢想であったり、天理教のいろんな予言の成就《じょうじゅ》に関する空想であったり、あの甘露台に天から甘露が降る此世《このよ》の終りの日の想像であったり、愉《たの》しかった小学校時代の山野を馳駆《ちく》した思い出であったり、晩の食事の期待であったりして、美代のことを考えている瞬間は、一日の何百分の一にも当らなかった。美代を欲した、ということさえ、こう考えてくるとあやふやになった。それは食慾《しょくよく》とほとんど同格のものだった。自分の欲望とのじめじめした闘いの経験などは、この健康な若者にとって無縁のものだった。

こういうわけで、三郎は理解を絶した質問に対して、つかのま考え込んでいる様子を示したのち、疑わしそうに頭を振った。

「いいえ」

悦子はわが耳を疑った。

彼女の顔に歓喜がかがやくさまは、まるで苦痛が漲《みなぎ》っているさまを思わせる。三郎は漸《よう》く定かに眺《なが》められる阪急電車が木の間がくれに疾駆するさまに目を奪われて、このときの悦子の表情を見なかった。もし見ていたら、彼は自分の言葉が不可解にも悦子に与えた烈《はげ》しい苦痛におどろいて、あわてて言葉を飜《ひるが》えしたにちがいない。

「愛していないって……」――と悦子は自分の喜びをゆっくりと噛《か》みしめるように言

った。

「……それは、あなた、本当なの。……」言いながら三郎が前言を翻えしてくれぬようにとの心づかいで、もう一度彼が確実に「いいえ」と言ってくれるように誘導しつつ、「……愛していないのは別に構わないけれど、あなた、自分の本当の気持を言ってごらん。美代を愛していないのね」

三郎はろくすっぽこの繰り返しに留意していない。「愛しているの？　愛していないの？」……ああ、何という無意味な煩《わずら》わしさだ。こんな些事《さじ》を奥様は天地がひっくり返る一大事のように口になさるのだ。ズボンのかくしに深くさし入れた指さきが、昨日の祭の酒盛の肴《さかな》に出されたするめ烏賊《いか》の数片に触れた。『ここでするめをしゃぶり出したら、奥様はどんな顔をなさるだろう』悦子の重苦しさは、彼におどけてみたい気持をおこさせた。するめの一片をつまみ出した彼の指が、軽快にそれを放り上げると、三郎はふざけたくてたまらぬ犬のように、これを口で受けて、無邪気に言った。

「はい。愛していないであります」

たといお節介な悦子が美代のところへ行って、三郎がお前を愛していないと言ったよと告口《つげぐち》したところで、驚かない。直情径行なこの恋人同士は、愛するとか愛さないとかいう煩瑣《はんさ》な言葉を交わしたことがなかったのである。

あまりに永い苦悩は人を愚かにする。苦悩によって愚かにされた人は、もう歓喜を疑うことができない。

悦子は凡《すべ》てをそこに立って計算した。しらずしらず弥吉の自己流の正義を信奉していた。三郎は美代を愛していないが故《ゆえ》に、美代と結婚しなければならない、と彼女は考えた。しかも偽善者の仮面に隠れて、『愛してもいない女に子供を孕《はら》ませた男の責任は、彼女と結婚することだ』という道徳的判断を、三郎に押しつけることを喜びとした。

「あなたって見かけによらない悪者ね」——と悦子が言った。「愛してもいない人に子供を生ませたりして。あなたは美代と結婚してやらなくてはいけないわ」

三郎はふと鋭い美しい眼《め》で悦子を見返した。この視線をはねかえすために、彼女は語気を強めた。

「いやだとは言わせなくてよ。家《うち》は昔から若い人には理解のある家風だけれど、だらしのないことを許さないのよ。あなた方の結婚はお舅《とう》さまの御命令よ。結婚するんですよ」

三郎はこの思いもよらぬ成行に目を瞠《みは》っていた。彼は弥吉が二人の仲を裂くだろうとばかり思っていたのだ。しかし、結婚するとなれば、それでもよかった。八釜《やかま》しい母親の思惑だけを少しばかり考えた。

「母に相談して決めようと思います」

「あなたの気持はどうなの？」

悦子は自分の説得によって三郎に結婚を承諾させなければ気が済まない。

「旦那様《だんな》が美代を嫁にもらえと仰言る《おっしゃ》なら、もらいます」

と三郎が云う。どっちにしろ、彼にとってそれは大したことではなかった。

「これで私も肩の荷が下りたわ」

悦子は朗らかにこう言った。問題はきわめて簡単に落著《らくちゃく》した。

悦子は自分自身で作った幻影にあざむかれ、彼女の強制によって三郎が心ならずも、、、、美代と結婚するという倖《しあわ》せな事態に酔った。この酩酊《めいてい》には、恋の傷手《いたで》を負った女の自暴酒《やけざけ》に似たものがなかったか？　それは酔い心地よりも自失を求め、夢心地よりも盲目を求め、故意に愚かな判断を求めるために飲まれた酒ではなかったか？　この強引な酩酊は、自ら傷つくことを避けて無意識に仕組まれた筋書に拠《よ》るものではなかったか？

結婚という文字が悦子には端的に怖《こわ》かった。彼女はその忌《いま》わしい文字の取扱を弥吉の手に委《ゆだ》ね、弥吉の専制的な命令に、その責めを負わせたいのだった。怖いもの見たさに大人の背からおずおずとのぞく子供のように、この点で彼女は弥吉をたよりにしていた。

岡町駅前から右へ折れる道がドライヴ・ウェイにまじわるところで、二人は大型の美しい二台の自動車が、ドライヴ・ウェイへ入ってくるのに出会った。一台は真珠いろ、一台は水いろに塗られた四八年型シボレーである。車は天鵞絨《ビロード》のような柔らかい音響を立て、カアヴをえがいて二人のかたわらを擦過した。前の車は陽気な若い男女を満載している。悦子のそばをとおったとき、運転台のラジオからきこえてくるジャズ音楽が、しばらく耳もとに漂った。うしろの車は日本人の運転手が操縦している。仄暗《ほのぐら》い奥のシートに猛禽《もうきん》類の夫婦のような、金髪の、目の鋭い初老の夫妻が身じろぎもしない。……

三郎は薄く口をあけて、驚嘆してこれを見送った。

「あの人たちは大阪へかえるのね」

と悦子が言った。すると忽《たちま》ち大都会のさまざまの音の混淆《こんこう》から成る遠いざわめきが、風に乗せられて来て悦子の耳朶《じだ》を搏《う》つように思われた。

あそこまで行っても何もありえないことがわかっている悦子には、田舎の人たちが都会に憧《あこが》れるように憧れる理由がない。なるほど都会というものは、いつも何かありそうに見せかける思わせぶりな建築ではある。その奇聳《きしょう》な建築が悦子を魅するのでもない。

悦子は三郎が腕を組んでくれることを切にねがった。彼の金いろの生毛《うぶげ》にふちどられた腕に凭《もた》れて、この道をどこまでも歩いてゆく。するといつのまにか二人は大阪に、あの錯雑した大都会の真只中《まっただなか》にいる。二人はいつのまにか人波に押されて歩いている。それに気づいて、愕《おどろ》いてあたりを見まわす。その瞬間から、悦子の本当の生活がはじまるかもしれないのだ。……

三郎は腕を組んでくれただろうか？

この無頓着《むとんじゃく》な若者は、自分と肩を並べて押し黙って歩いている年長の未亡人に退屈していた。自分に見せるために朝な朝な念入りに結われた髪ともしらずに、手入れのよい、いい匂《にお》いのする不思議な髪の結いざまを好奇心だけで一瞥《いちべつ》した。妙によそよそしいかと思えば、妙に高飛車なこの女のなかに、自分と腕を組みたいなぞという少女じみた妄想《もうそう》が巣くっていようとは、夢にも思わない。彼は唐突に立止って、廻れ右をした。

「もう帰るの？」

悦子は哀訴の目をあげた。その潤《うる》んだ眼のいろは、夕空を映しているかのように、ほのかな青味を帯びて光った。

「もう晩《おそ》いであります」

意外に遠くまで二人は来ていた。はるかな森かげに杉本家の屋根が入日に耀《かがや》いていた。

二人は三十分ほど歩いてそこに着いた。

……それから悦子の本当の苦しみがはじまったのだ。準備万端整えられた本当の苦しみが。一生を賭《か》けた事業がやっとのことで成功したとたんに、死病に罹《かか》って苦しみながら死んでゆく不運な人がままあるものだ。傍目《はため》からは彼の心血を注いだ一生の努力は、事業の成功のためだったか、それとも立派な病院の特等室で苦しみながら死ぬためだったか、どちらだか見分けがつかない。

悦子は美代が不幸になるのを、美代の不幸が黴《かび》のように生い育ってその身を蝕《むしば》むのを、時間をかけて、執拗《しつよう》に、心たのしく待っているつもりだった。愛のない結婚の結末が、かつての悦子の場合と同じ破滅に陥るのを、気永に、……（それをこの目で見ることができれば、悦子は自分の一生を棒に振っても構いはしない。悦子が白髪になるまで待たねばならぬものなら、待ちもしよう。）……、じっと目を放たずに、見戍《みまも》っているつもりだった。三郎の浮気の相手は、もはや必ずしも悦子であることを希《ねが》わない。とにかく美代が、悦子の目の前で、望みを失い、悶《もだ》え、悩み、疲れ果て、崩折れてゆくのが見られさえすればいい。……

しかしこの目算は程なくあからさまに裏切られた。

弥吉は悦子の報告に従って、三郎と美代との関係を公けのものにした。口うるさい村の連中の詮索《せんさく》にあうと、あいつらはいずれ夫婦になるのですからと公言した。二人の寝間は家の秩序のために元どおり隔てられていたが、一週に一度は同じ寝間に寝ることが許された。二週間後の十月二十六日の天理の秋季大祭へ三郎が赴《おもむ》いて、母親との話し合いがつき次第、弥吉の仲人《なこうど》で式が挙げられる手筈《てはず》が整った。弥吉はこれらのことを一種の情熱を以《もっ》て宰領した。今までに見せた例《ため》しのない好々爺《こうこうや》らしい微笑さえ泛《うか》べて、多少ものわかりのよすぎる態度で、三郎と美代の交情を大目に見たのである。云うまでもないことだが、このような弥吉の新らしい態度には、いつも悦子の存在が意識に置かれていた。

何という二週間であったろう。悦子はまざまざと良人《おっと》が幾夜となくつづく外泊で彼女を苦しめたあの晩夏から秋にかけての眠られぬ夜という夜を思い起した。昼間は昼間で、近づく靴音《くつおと》に悉《ことごと》く悩まされ、電話をかけようとしてはまた逡巡《しゅんじゅん》して時を移した。何日も食物が咽喉《のど》をとおらず、水を呑《の》んでは床に伏していた。ある朝水を呑んで、その冷ややかさが身内にしみわたってゆくのを感じた時、ふと服毒を思い立ったのだ。毒の白い結晶体が水と一緒に、しずかに組織へしみわたってゆく快感を思うと、悦子は一種の恍惚《こうこつ》状態に陥って、少しも悲しみのない涙を滂沱《ぼうだ》と流した。……

あのときと同様の兆候は、説明しがたい寒さの戦慄《せんりつ》と、手の甲までが鳥肌《とりはだ》になる一種の発作とにあらわれていた。この寒さは牢獄《ろうごく》の寒さではなかろうか？　この発作は囚人の発作ではあるまいか？

かつて良輔の不在が悦子を苦しめたように、今度は三郎を目《ま》のあたりに見ていることが彼女を苦しめた。この春三郎が天理へ行って留守にしたとき、彼の不在は目前に彼を見ることよりももっと親密な情緒を悦子に与えたのであった。しかるに彼女は今手を縛され、指一本触れることもゆるされずに、三郎と美代との恣《ほしいまま》な親しみを見戍っていなければならなかった。これは残酷な、身の毛のよだつような刑罰である。しかも彼女自ら招いた刑罰である。彼女は三郎に暇を出して美代の子を堕胎《おろ》してしまうほうを選ばなかった自分を憎んだ。悔いはほとんど悦子に身の置き処《どころ》を見失わせた。

三郎を手離すまいとした当然の欲望が、こうもうらはらな怖ろしい苦しみになって報いて来ようとは！……

しかしこうした悔恨には悦子の自己欺瞞《ぎまん》がなかったであろうか？ それは果して期待と「うらはらな」苦しみであったろうか？ それは予期された当然の苦しみ、彼女自らそれを覚悟し、むしろ冀《こいねが》っていた苦しみではあるまいか？ ……ついさっき、われとわが苦しみが余蘊《ようん》のないものになることを希《ねが》ったのは、悦子ではなかったか？

十月十五日に岡町で果物の市がひらかれ、品質のよいものから大阪へ送られるので、十三日は晴天を幸いに、大倉の家族も加わって、杉本家の人たちは柿《かき》の収穫に忙殺された。今年は柿がいくらか他の果樹に立ちまさって上出来である。

三郎は木に登り、美代は枝から吊《つる》した籠《かご》がいっぱいになると取換えてやるために樹の下で待っている。樹は大ぶりに揺れて、下から見ると枝々の間に仰がれる眩《まば》ゆい青空が、ぐらぐらと揺れはじめるように思われる。美代は葉がくれに三郎の蹠《あしのうら》があちこちへ動くのを見上げている。

「一杯だよオ」と三郎が言う。

照りかがやいた柿でいっぱいな籠が下枝にぶつかりながら、さしあげた美代の両手のなかへ下りて来る。美代は無感動にこれを地べたへ置く。絣《かすり》のモンペの足を大股《おおまた》に踏みひらいている。そしてまた空《から》にした籠を梢《こずえ》へ送ってやる。

「登って来いよオ」

三郎がこう呼びかけると、美代は、

「よオし」

と言いざま驚くべき速度で樹上に登った。

そこへ悦子が、姉様被《あねさまかぶ》りをし、襷《たすき》をかけ、空の籠を重ねて抱《かか》えて通りかかったのである。彼女は樹上の嬌声《きょうせい》をきいた。登りかけた美代を、三郎が阻《はば》んでいる。そればかりかふざけて美代の諸手《もろて》をむりやりに枝から離そうとする。美代は悲鳴をあげながら、目の前に垂れている三郎の足首をつかもうとする。……彼らの目に、樹間にかくれた悦子の姿は映らない。

そのうちに美代が三郎の手を噛《か》んだ。三郎がふざけて罵《ののし》った。美代は三郎の掛けている枝よりも、もう一段高い枝まで一気に登って、彼の顔を蹴上《けあ》げるような身振をしたので、三郎は手をのばして彼女の膝《ひざ》を押えた。それまで枝はたえず大振りに揺れていた。それからというもの、まだ多くの柿の実と葉ごもりに飾られたその梢は、微風にそよぐかのような、微妙なおののきだけを近隣の梢につたえた。……

悦子は目を閉じてそこを離れた。背筋を氷のようなものが走ったのである。

マギが吼《ほ》えている。

謙輔が厨《くりや》の表口の前に茣蓙《ござ》をひろげ、大倉の細君や浅子と一緒に柿を選りわけている。動かないですむ役割をいちはやく見つけるのにぬかりはなかった。

「悦子さん、柿は？」

と謙輔が声をかけた。彼女は答えない。

「どうしたの。大そう顔いろが青いね」

重ねて言った。悦子は答えずに厨をぬけて裏手へ出た。自分でも気づかずに椎《しい》の木かげまで歩いた。そして空の籠を下草の上に放り出して、しゃがんで、両手で顔を覆《おお》った。

その晩の夕食のとき、弥吉が箸《はし》を休めて、愉快そうにこう言った。

「三郎と美代と来たら、まるで犬っころみたいだね。美代が背中へ蟻《あり》が入ったと大さわぎをしだしたんだ。いくら儂《わし》の前だからって、そんな場合に蟻をとってやる役目は、三郎に廻るのが順当だろうじゃないか。そこで三郎のやつ、面倒くさそうなむっつりした顔をして立上ったよ。そんな顔つきをする程度の芝居ならです、あの芸なし猿《ざる》にも出来るとみえる。ところが背中へいくら手をつっこんだってです、蟻なんか見つかりゃしない。はじめから居たかどうかも怪しいものだ。そのうちに美代のやつ、今度はくすぐったくなって、笑い出して、笑いころげてとまらないんだ。笑いすぎて流産したという話は、お前、きいたことはないかね？　謙輔に云わすと、よく笑う母親の子供は、腹の中で十分もまれているから、産後の肥立ちがいいというが、まさかね」

この逸話は、自分の目で見た樹上の情景と相俟《あいま》って、悦子の全身に針を隈《くま》なく刺されたような痛みを与えた。のみならず彼女の頸部《けいぶ》は、氷の首枷《くびかせ》をはめられたように痛んだ。

こうして悦子の精神上の痛みは、氾濫《はんらん》した川が田畑をも浸すように、徐々に肉体の領域までを犯すにいたった。それは精神がその演ずる劇に耐えきれなくなったときに発する危険信号に似たものである。

『いいんですか？　船は沈没直前ですよ。まだあなたは助けを呼ばないんですか？　あなたは精神の船を酷使しすぎたので、人が最後に求める拠《よ》り所をみずから喪《うしな》って、この期《ご》に及んで、肉体の力だけで海を泳がなければならなくなるんですよ。そのときあなたの前にあるのは死だけですよ。それでもいいんですか？』

痛みは、そのまま、このような警告に書き直すことができる。彼女の有機体は最後の土壇場で、精神の支柱を失うかもしれないのだ。咽喉元《のどもと》へ胸の底から大きな硝子《ガラス》の玉がすーっと上って来るようなこの不快。頭はふくらがり頭痛のためにひびわれそうに思われるこの不快。……

『私は決して助けを呼びはしない』

と彼女は考える。

しゃにむに自分を幸福だと考える根拠を築くために、悦子は今では兇暴《きょうぼう》な論理を必要とした。

『何もかも呑《の》み込んでしまわねば……。何もかもしゃにむに目をつぶって是認してしまわねば……。この苦痛をおいしそうに喰《た》べてしまわねば……。砂金採りは砂金ばかり掬《すく》い上げることはできはしないし、また、しもしないのだわ。盲滅法《めくらめっぽう》に河底の砂を掬い上げる。その砂のなかに砂金がないかもしれないし、また、あるかもしれないのだわ。その在不在を前以《もっ》て選ぶ権限は誰《だれ》にもありはしないのだわ。ただ確実なことは、砂金採りにゆかない人は、依然として貧しさの不幸に止《とど》まっているということだけだわ』

更に悦子は考えた。

『そうして更に確実な幸福は、海に注ぐ大河の水をのこらず呑み込んでしまうことだ。私は今までそれをやって来た。今後もやるだろう。私の胃の腑《ふ》はきっとそれに耐えるだろう』

こうして苦痛の限りなさは、人をして、苦痛に耐える肉体の不滅を信じさせるにいたる。それが愚かなことであろうか？

市のひらかれる前日に、大倉や三郎が市場へ出かけて行った出荷のあと、弥吉は散らばった縄《なわ》や紙屑《かみくず》や藁《わら》ややぶれた笊《ざる》や落葉を掃きあつめて火をつけた。そして悦子にこの焚火《たきび》の番を命じ、自分はそれに背を向けて、まだ掃き残している塵芥《ちりあくた》を掃きつづけた。

この夕刻には霧が濃くなった。薄暮と霧の弁別は明瞭《めいりょう》でなくなり、いつもより早く日暮が訪れるように思われた。燻《いぶ》されたような憂鬱《ゆううつ》な日没は、あいまいに光を薄らげ、霧の灰いろの吸取紙の紙面に、一点、たまゆらの残光の滴《しずく》を宿した。弥吉は何故《なぜ》かしら悦子のそばを寸時も離れているのが不安に思われる。霧のせいで、二、三間も離れていると、彼女の姿がおぼろげに見えるためかもわからない。焚火のいろは霧の中でいかにも美しい。悦子は佇立《ちょりつ》したまま、ゆっくりと火のまわりへ、散らばった藁を熊手で掻《か》き寄せている。火は彼女の手もとへ媚《こ》びるように募った。……

弥吉は気ままな輪を悦子の周囲にえがきながら、悦子のそばへ芥を掃き寄せる。また輪をえがいて遠ざかる。近づくたびに、それとなく悦子の横顔をぬすみ見る。機械的に動かしている熊手の手を休めると、そう寒くも思われないのに、壊れた籠がしきりに音を立てて燃えているひときわ高い焔《ほのお》の上へ、彼女は手をかざした。

「悦子！」

弥吉は箒《ほうき》を捨てて、走り寄って、彼女の体を焚火から引き離した。

悦子は掌の皮膚を焔で焙《あぶ》っていたのである。

――この火傷《やけど》はいつかの中指の些細《ささい》な火傷の比ではなかった。彼女の右手は当分使用に堪えなかった。掌の柔かい皮膚がいちめんに火ぶくれになった。油が塗られ、幾重にも繃帯《ほうたい》が巻かれたその手は、終夜痛みを訴えて悦子の眠りを奪った。

弥吉は恐怖を以《もっ》て、あの瞬間の彼女の姿を思い泛《うか》べた。おそれげもなく火の中をみつめ、おそれげもなく火の中へ手をさしのべていた悦子の平静さは何処《どこ》から来たものだろう。あの頑固な彫塑《ちょうそ》的な平静さは。感情のさまざまな惑乱に身を委ねているこの女が、一刹那《せつな》そうしたあらゆる惑乱から自由になった、ほとんど倨傲《きょごう》なほどの平静さは。

あのままでいたら、悦子はおそらく火傷を負わずにすんだかもしれない。弥吉の呼び声が、魂の仮睡《まどろみ》の中でだけ可能であるような悦子の平衡から彼女を目ざめさせ、そのときはじめて彼女の掌に、火傷を負わせることになったのかもしれない。

悦子の手の繃帯を見ていることは弥吉を怖気《おじけ》づかせた。彼はそれが自分の与えた傷であるような気持がした。決してそそっかしいとは謂《い》えないこの女、いつもは薄気味のわるいほど悪落着きに落着いているこの女、そんな悦子の怪我《けが》は只事《ただごと》ではない。先だって彼女は中指にちいさな繃帯をしていて、弥吉に訊《き》かれると、微笑して、火傷ですと言った。あれはまさか自分で焙った傷ではなかったろう。その繃帯がとれたと見る間《ま》に、さらにまたひろい繃帯が彼女の掌を覆《おお》う始末だった。

弥吉が若いころ発明して得意になって友達に披露した一家言に、女の体の健康というものは沢山の病気から成立っている、というのがあった。原因不明の胃痛を訴える女と結婚した弥吉の一友人の如きは、結婚直後に妻の胃痛が治って一ト安心したところが、倦怠期《けんたいき》に入るころから頻発《ひんぱつ》しだした彼女の偏頭痛に悩まされ、ふとした出来心で浮気《うわき》をはじめたが、これを感づいた細君の偏頭痛はけろりと治った代りに、今度は未婚時代の胃痛が再発し、一年ほどして胃癌《いがん》の診断をうけたまま死んでしまった。女の病気というものはどこまで本当だか嘘《うそ》だかわからないものだ。嘘だと思っていると、急に子供が生れたり、急に死んだりするのである。

『それに女の粗相という奴《やつ》も曰《いわ》くのあるものだ』と弥吉が考えた。『若いころの友人に、浮気者の辛島という男が居《お》って、そいつの細君は、亭主が浮気をはじめると、毎日皿《さら》を一枚ずつ粗相して割ったそうだ。純然たる粗相で、細君は亭主の浮気を本心から知らないのだそうだ。自分の指先の不本意な失態に、毎日無邪気に愕《おどろ》いていたそうだ。皿屋敷のお菊という奴も、粗相で皿を割ったのだとすると、面白《おもしろ》い』

その弥吉が或る朝、竹箒で庭掃除をしていて、ついぞないことだが、指に棘《とげ》を刺した。放置《ほう》っておいたので、すこし膿《うみ》を持った。しらぬ間に膿は引き、綺麗《きれい》に治った。弥吉は薬を嫌《きら》って、つけない。

昼のあいだ悦子の悩むさまを傍《かたわ》らに見、夜は夜で、眠られない彼女を傍らに感じるにつれ、弥吉の夜の愛撫《あいぶ》は、しつこさを増すにいたった。なるほど弥吉は、三郎に嫉《しっ》妬《と》する悦子に関して、三郎を嫉視しており、また悦子の甲斐《かい》もない片思いに嫉妬を感じていた。それでいながら、自分に何ほどかの刺戟《しげき》を与えてくれる自分自身の妬《ねた》みごころを、多少勿怪《もっけ》の幸《さいわい》だと思っているふしもあった。

だから故《ことさ》ら誇張した三郎と美代の噂話《うわさばなし》をしてそれとなく悦子を虐《いじ》めるときに、弥吉が感じているのは或る奇妙な親愛の情、いわば逆説的な「友愛」ともいえるものだった。彼が口をつぐむのは、この遊戯が度を越して、悦子を失いはしないかという恐怖からだったが、頃日《けいじつ》、彼女は弥吉にとって、欠くべからざるもの、それも何か、罪か悪習のような欠くべからざるものになっていた。

悦子は美しい疥癬《かいせん》だった。弥吉の年齢では、痒《かゆ》さを感じるために、疥癬が一種の必需品ともなるのだった。

ところで弥吉が少しばかりいたわりを見せ、三郎と美代の噂を差控えるようになると、悦子には却《かえ》って不安が募り、彼女に聞かせたくないような事態が起っているのではないかと疑った。これ以上のどんな事態が、どんな悪い事態が存在しうるというのか？ そういう質問は、嫉妬の何たるかを知らぬ人の質問で、嫉妬の情熱は事実上の証拠で動かされぬ点においては、むしろ理想主義者の情熱に近づくのである。

……一週間ぶりで風呂《ふろ》が立って、弥吉がまず入った。いつもなら、悦子と一緒に入るところを、風邪《かぜ》気味の悦子が入浴を断ったので、弥吉一人さきに入ったのである。たまたまこのとき厨《くりや》には杉本家の女が全部集まっていた。悦子と千恵子と浅子と美代とそれに信子までが、それぞれの食器を洗いに来ていたのである。悦子は風邪気味なので、白絹のスカーフを頸《くび》に巻いていた。

浅子がめずらしくシベリヤから還《かえ》らない良人《おっと》の話をしだした。

「手紙と言ったら、八月に来たっきりでしょう。あの人はもともと筆不精《ふでぶしょう》だから仕方がないとも思うけれど、一週間に一ぺんはよこしたらどうかと思うのよ。良人と妻との愛情というものは、そりゃあ言葉や文字なんかでは尽せないものだけれど、それをとにかく一応、言葉や文字で表現しようとしないものぐさが、日本の男の欠点だと思うのよ」

千恵子は零下何十度の戸外でツンドラを掘らされているかもしれない祐輔《ゆうすけ》が、こんな言草をきかされたらと想像して可笑《おか》しくなった。

「だってあなた、一週間に一ぺん書いたって、そんなに届けてくれやしないわよ。祐輔さんはもしかしたら書いてるのかもしれなくってよ」

「そうかしら。それじゃ、その届かない手紙はどこへ行くのかしら」

「ソ聯《れん》の未亡人たちに配給するんでしょう、きっと」

この冗談は、言ってしまったあとで千恵子が気がついたことには、多少悦子に差障《さしさわ》りのある冗談であったが、真《ま》に受けた浅子の莫迦《ばか》々しい反問が、この場を救った。

「そうかしら。だって日本語の手紙じゃ読めないでしょうに」

千恵子は聞き流して、悦子の洗い物を手伝った。

「繃帯が濡《ぬ》れることよ。あたくし、してあげるわ」

「ありがとう」

悦子はその実、皿《さら》や茶碗《ちゃわん》を洗うというこの機械的な作業から引離されるのが辛《つら》かった。機械になることが、このごろの彼女のほとんど肉感的な欲望であって、手の火傷が治ったら、洗い張りをした弥吉や彼女自身の秋袷《あきあわせ》を、我人《われひと》共に愕《おどろ》くような速度で縫い上げるのが愉《たの》しみである。彼女の針は超人的な速度で動きそうに思われるのだ。

厨には暗い二十ワットの裸電灯が、煤《すす》けた天井の梁《うつばり》を伝わって下っているばかりである。女たちは手くらがりの流しにむかって、洗い物をせねばならない。悦子は釜《かま》を洗っている美代の後姿を、窓の框《かまち》に凭《よ》りかかってじっと見戍《みまも》った。粗末な色褪《あ》せたモスリンの帯の下に、腰の肉が仄暗《ほのぐら》く盛り上っているさまは、今にも卵を生みそうではないか。この健康な小娘は、悪阻《つわり》ひとつ起さないのだ。夏のあいだ半袖《はんそで》のゆるやかなアッパッパを着ていたが、美代は腋《わき》を剃《そ》ることさえ知らなかった。汗がひどくなると、彼女は人前でタオルを腋の下へさし入れて拭《ふ》いた。……この腰の果実のような実り具合、嘗《かつ》て一度は悦子も持っていたこの発条《ばね》のような曲線、この重いどっしりした水を湛《たた》えた花瓶《かびん》のような量感……それは何もかも三郎が作ったものだ。あの若い園丁が、丹念に種を蒔《ま》き、入念に培《つちか》ったものだ。朝、露に濡れた鬼百合《おにゆり》が花弁と花弁をしっとりと貼《は》りあわせて離れぬように、この女の乳房と三郎の胸が汗のために貼りついて離れなかったのだ。……

忽《たちま》ち悦子は湯殿の中で大声で喋《しゃべ》っている弥吉の声をきいた。湯殿は厨に隣接している。三郎が焚付《たきつ》けの役目で戸外に居る。弥吉は三郎に話しかけているのである。

いやに景気のよすぎるあの湯の音は、きく耳にも却って弥吉の骨だらけな老いた肉体を感じさせる。彼の落ち窪《くぼ》んだ鎖骨には湯が溜《たま》ると流れないのだ。

天井に反響する弥吉の干割れた声が三郎にこう言っている。

「三郎、三郎」

「はい、旦那様《だんなさま》」

「薪《まき》を倹約せいよ。今日からは、美代もお前と一緒に入って、早く出るのだぜ。別々に入れば、時間がかかるから、また薪を一二本足さねばならんことになりがちだからな」

——弥吉のあとに謙輔夫妻が、その次に浅子と二人の子供が入った。俄《にわ》かに悦子が入浴すると言い出して弥吉を愕かせた。

悦子は湯槽《ゆぶね》に身を沈めて、足の指先で栓《せん》を探した。あとは三郎と美代が入るだけである。悦子は頬《ほお》のあたりまで湯に浸し、繃帯をしていないほうの腕《かいな》をのばして湯槽の栓を抜いた。

こうした行動には深い理由も目的もない。

『三郎と美代とが一緒にお風呂に入るなんて私には許せない』

このちょっとした判断が、風邪を冒して悦子を入浴させ湯槽の栓を抜かせた原因である。

湯殿だけは弥吉の道楽で檜《ひのき》の方形の湯槽と檜の簀《す》の子が四帖《じょう》を占めていた。湯槽は広くて浅い。抜かれた栓のあとへ湯が吸い込まれる、小さな貝の鳴音のような音がきかれると、悦子は自分でも思いがけない稚《おさ》ない満足の微笑をうかべて、汚れた暗い湯のなかを覗《のぞ》いた。

『私は一体何をしているのだろう。こんな悪戯《いたずら》のどこが面白《おもしろ》いのだろう。しかし子供たちの悪戯というものにも、それなりに尤《もっと》もな真剣な理由がある。無関心な大人の注意を自分たちの上へ惹《ひ》こうとする子供たちの世界の唯一《ゆいいつ》の術策が悪戯なのだ。子供たちは自分たちが見捨てられていることを感じている。子供たちと、片思いの女たちとは、同じ見捨てられた世界に住んでいるのだわ。その住人が心にもなく残酷になるのはそのためだわ』

湯のおもてには微細な木屑《きくず》や抜け毛や雲母《きらら》のような石鹼《しゃぼん》の油が緩慢な輪をえがいてうごいている。悦子は肩を露《あら》わにして湯槽の縁に腕を横たえ、そこに頰を押し当てた。肩や腕《かいな》は、たちまち水を弾《はじ》いた。ほどよく温ためられたその肌《はだ》は、暗い裸電球の下に、滑らかな疲れを帯びた光沢《こうたく》を放った。悦子の頰は、それが感じている二の腕のつややかな弾力に、甚《はなは》だしい無駄事《むだごと》を、屈辱を、徒労を感じた。無駄だわ、無駄だわ、無駄だわ、と彼女は独り言した。この熱い皮膚にこもっている若さが、過剰が、まるで盲目な愚かな生物《いきもの》を見るように、彼女を腹立たしくさせた。

悦子の髪は高く巻き上げられて櫛《くし》で留められていた。天井の滴《しずく》が時たま髪や項《うなじ》に落ちかかる。しかし彼女は腕《かいな》に顔を伏せたままこの冷たい点滴を避けようともしない。たまたま湯槽の外へさし出した繃帯の手に落ちた滴は快く滲《し》み入った。

湯は徐々に、きわめて徐々に排水口へ流れ落ちていた。肌にふれている空気と湯の境界が、悦子の肌を舐《な》めるように、くすぐるように、わずかずつ肩から乳房へ、乳房から腹へと下りて行った。この繊細な愛撫《あいぶ》のあとには、ひしひしと緊縛するような肌寒さが身を包んだ。彼女の背中は今では氷のようである。湯がやや急調子に渦《うず》巻いて、腰のあたりを退《ひ》いてゆきつつある。……

『これが死というものだわ。これが死だわ』

——悦子は思わず助けを呼ぼうとして愕然《がくぜん》として湯槽から立上った。彼女は空っぽな湯槽の中に、膝《ひざ》まずいていた裸かの自分に気づいた。

弥吉の部屋へかえる廊下で美代に会った悦子は、朗らかに揶揄《やゆ》するように言った。

「あら、忘れていたわ。まだあなたたち入るところだったのね。お風呂のお湯を流してしまったのよ。御免なさいね」

美代はあまり早口で云われたこの言葉の意味を解しなかった。立ちすくんで、答えもやらず、悦子のまるで血の気のない慄《ふる》えている唇《くちびる》を見戍った。

その晩から悦子は発熱して二三日床に就《つ》いた。三日目には平熱に近づいた。三日目というのは十月二十四日である。

予後の疲れにむさぼった午睡から、彼女がめざめたのはすでに夜更《よふ》けだった。傍《かたわ》らでは弥吉が寝息を立てていた。

柱時計が十一時を打つ音の不安なゆるやかさ、マギの遠吠《ぼ》え、この見捨てられた夜の無限の繰り返し、……悦子は只《ただ》ならぬ恐怖に襲われて弥吉を起した。弥吉は弁慶縞《べんけいじま》の寝間着の肩を夜具からもたげた。そして悦子のさし出す手を無器用に握って、無邪気な吐息を吐いた。

「お手を離さないで下さいましね」

と悦子がおぼろげにみえる天井の奇怪な木目《もくめ》を見つめたまま、こう言った。弥吉の顔を見ない。弥吉も悦子の顔を見ない。

「うむ」

それから弥吉はしばらく咽喉《のど》で痰《たん》のもつれる音をさせて黙った。片手で枕許《まくらもと》の紙をとって、口に溜《たま》った痰を捨てた。

「今夜は美代は三郎の部屋に泊りましたのね」

と、ややあって、悦子が言った。

「……いや」

「お隠しになっても、あたくしにはわかりますの。あの人たちが何をしているか、見ないでもあたくしにはわかりますの」

「明日の朝、三郎は天理へ発《た》つわけだ。あさってが大祭だからして。……旅立ちの前の晩とあれば、仕方がない」

「そうね。仕方がないわね」

悦子は手を離した。掻巻《かいまき》を被《かぶ》って歔欷《きょき》した。

弥吉は自分が置かれている不透明な立場に困惑した。何故《なぜ》怒れないのか？　この怒りの喪失は何事なのか？　この女の不幸がこうも弥吉に共犯のような親密感を抱かせるのは何事なのか？　……彼は嗄《しわが》れたやさしい声音《こわね》で、半ば眠たそうな様子を装って、悦子に言った。この夢物語で女を欺《あざ》むこうとする前に、弥吉はもはや何の解決も望みえない自分のあいまいな海鼠《なまこ》のような判断を欺むいた。

「ともかくお前もです、この退屈な田舎に居《お》るから、神経が苛立《いらだ》って、よけいなことも考えるようになるのです。今度の良輔の一周忌には、前々からの約束だが、東京へ一緒に墓参に行こう。近畿《きんき》鉄道の株を神阪君に頼んで今度いくらか売ってもらったから、贅沢《ぜいたく》をしようと思えば二等車にも乗れる。しかし旅費は節約して、東京へ行って遊んだほうがいい。久しぶりに芝居を見てもいいし、それは東京へ行けば、何やかや享楽に事欠かんわけだ。……しかし儂《わし》の考えている理想はです、それ以上の事なんだよ。儂は米殿《まいでん》を引上げて東京へ移ってもいいとさえ思っている。儂はまた現役に戻《もど》ろうかとさえ思っているのだ。昔の友人が、二三東京でカムバックをしておる。宮原のような義理を弁《わきま》えない男は別として、みんな信頼のおける人間だ。そこで儂は東京へ行ったら、二三そういう人たちに当ってみようと思う。……こんな決心はです、そりゃあ容易なことではない。しかし儂がこんなことを考えるのも、みんなお前のためだ。お前のためによかれと思って、考えたことだ。お前が倖《しあわ》せになることは、また儂が倖せになることでもあるんだ。儂はこの農園に満足して暮しておった。しかしお前が来てから、儂の気持は、少々若い者のように、ぐらついて来よったのだよ」

「いつ発ちますの」

「三十日の特急はどうだね。例の平和号という奴《やつ》さ。大阪の駅長は懇意だから、儂が二三日内に大阪へ出向いて切符を頼んで来よう」

悦子が弥吉の口から訊《き》こうとのぞんでいたことはこんなことではなかった。彼女の考えていることは別のことだった。この甚《はなは》だしい疎隔が、すんでのことで弥吉の前にひざまずき、弥吉の助力にすがろうとしていた悦子の心を冷却させた。先程弥吉のほうへさしのべた自分の熱っぽい掌を彼女は悔いた。その掌は繃帯《ほうたい》を外したあとも、痛みがまだ熾《おき》のようにくすぶっていたのである。

「東京へ行くまえに、あたくし、していただきたいことがございますの。三郎が天理へ行っている留守に、美代に暇を出したいと存じますの」

「どうもお前は乱暴なことを言う」

弥吉は愕《おどろ》かなかった。病人が冬のさなかに昼顔の花を見たがったとて、誰《だれ》が愕こう。

「美代に暇をやってどうしようというんだ」

「ただ、あたくし、美代のおかげで、こんな病気をしたり苦しんだりしていることが、莫迦《ばか》らしくなりましたの。主人を病気にするような女中を置いておく家がございます？　このままで行けば、あたくしは美代に殺されるかもしれませんわ。美代に暇をおやりにならないなら、お舅《とう》さまが間接にあたくしをお殺しになるようなものですわ。美代か、あたくしか、どちらかがここを出て行きます。あたくしが出てゆくほうがお気に召すなら、明日からでもあたくし大阪へ行って勤め口を探してまいります」

「大袈裟《おおげさ》なことを言う。だって美代には罪がないものを、強《た》って追い出したりしたら、世間が承知すまい」

「ですから、よございます。あたくしが出ます。もうここにはいたくございませんの」

「だから東京へ行こうと言っているんだ」

「お舅さまと御一緒に、でしょう」

この言葉には何の意味ありげな色合もなかったが、それが却《かえ》って続く言葉を、きいている弥吉の耳に、不安に思い描かせる力があった。言わせまいとしてこの弁慶縞の寝間着の老人は、自分の寝床からすこしずつ悦子のほうへ躙《にじ》り出た。

悦子は掻巻で身を鎧《よろ》うて弥吉を近寄せなかった。すこしも動揺のない双の瞳《ひとみ》が、弥吉の目に真向《まっこう》から向けられている。何も語らない。憎悪《ぞうお》も怨恨《えんこん》も、また愛も訴えもないこの瞠《みひら》いた二つの瞳は、弥吉をたじろがせた。

「いや、いや」

と悦子は低い、感情のない声で言った。

「美代に暇をお出しになるまでは、いや」

どこで悦子はこの拒否を覚えたのであろう。この病気の前まで、彼女は自分に躙り寄って来る弥吉の壊れた機械のようなぶざまな動きを感じると、いちはやく目をつぶってしまうのが常だった。すべては目をつぶった悦子の周囲で、その肉体の周辺で行われるのだった。悦子にとっては、外界の出来事とは、自分の肉体の上に行われることをも包含していた。どこから悦子の外部がはじまるのか？　この微妙な操作をわきまえた女の内部は、幽閉され、窒息させられ、爆発物のような潜在的な力を包むにいたった。

弥吉の狼狽《ろうばい》が悦子にひとしお滑稽《こっけい》に見えたのはこのためである。

「わがまま娘にも困ったものだ。仕方がない。お前の好きにするがいいよ。三郎の留守に、美代を追い出したかったら、追い出すがいい。しかし……」

「三郎のこと？」

「三郎だって大人しく引下りはすまいがね」

「三郎は出てゆきますわ」――と悦子は明瞭《めいりょう》に言った。「きっと美代の後を追って出て行きますわ。あの二人は愛し合っておりますもの。……あたくし三郎が誰の命令でもなく出てゆけるように、美代に暇をやることを考えましたの。あたくしにとっていちばん良いことは、やはり三郎がここを出てゆくことだと思いますけれど、それを私の口から言い出すことは、あまり辛《つろ》うございますもの」

「やっとわれわれは意見の一致を見たわけだ」

と弥吉が言った。

折しも岡町駅を通過する最終の急行電車の汽笛が夜気をとよもした。

謙輔に言わせると悦子の火傷《やけど》や感冒は、徴兵忌避のたぐいだというのである。徴兵忌避では先輩の僕が言うことだから間違いがないと彼は笑って言う。そんなこんなで悦子が労役を免《まぬか》れた上に、妊娠四ヶ月の美代に大した働らきはさせられないので、わずか二反ほどの杉本家の田圃《たんぼ》の稲刈りや、藷《いも》掘りや草刈りから、果物の収穫にいたるまで、今年はいきおい謙輔の肩に重荷がかかった。彼はあいかわらず、ひっきりなしに不服をつぶやきながら、怠け怠け働いた。農地改革前は隠田《おんでん》であったこんな風呂敷《ふろしき》ほどの田圃にも、今では一応の供出割当がおしつけられている。

恒例の天理行をあとに控えて、三郎はまことによく働らいた。果実の収穫は大略終っていた。収穫のあいまには、藷掘りにも秋耕にも草刈りにも精を出した。秋のさわやかな空の下での労役が、彼をなおさら、日焼けのした、年よりも老成《ませ》てみえる逞《たくま》しい青年に作り上げた。五分刈にしたその頭部は、何かしら若い牡牛《おうし》の頭のような充実感を持っていた。顔もろくに知らない村の或る娘から、思いつめた恋文をもらった彼は、笑いながら美代にそれを読んできかせた。また別の娘から恋文をもらったとき、今度は美代には黙っていた。と謂《い》って、隠したわけではない。逢《あ》いに行ったわけではない。返事さえ出したわけではない。無口な性質がそのとき彼を黙らせたまでである。

しかしとにかくこれは彼にとって新らしい経験だった。自分が愛されもするということを三郎が知ったこと、これはもし悦子が察知していさえしたら、悦子にとっても重要な契機になる筈《はず》だった。三郎は漠然《ばくぜん》と自分が外部に与えている影響について考えるようになった。これまで外部はただ彼にとって、鏡ではなくて自由自在に駈《か》けぬけられる空間にすぎなかったのである。

この新らしい経験は、秋の太陽が彼の額や頬に与えた日焦《ひや》けと相俟《あいま》って、今までに見られなかった微妙な若さの倨傲《きょごう》を、彼の態度にもたらすようになった。愛の敏感さで美代もこの変化に気づいていた。しかし彼女は、それを三郎が自分に対してとりだした良人《おっと》らしい態度だと解釈した。

十月二十五日の朝、三郎は弥吉にもらった古洋服の上着と、カーキいろのズボンと、悦子にもらった靴下《くつした》と、運動靴との、最上の晴著《はれぎ》の姿で出発した。旅行鞄《かばん》は、肩からかけた粗末なズックの通学用の鞄である。

「お母さんに結婚のことを相談してね。美代を見せるために、お母さんを連れて来るんだよ。二三日なら泊めてあげるから」

と悦子は言った。きまりきったことをどうしてそんなに念を押したのか、彼女自身にもわからない。自分自身を退引《のっぴき》ならぬ窮境へ追いつめるために、こうした言訳を必要としたのであろうか？　それとも連れて来られた母親が、肝腎《かんじん》の嫁のいないことに茫然《ぼうぜん》とする場合の、おそろしい事態を考えて、自分自身を思い止まらせようとした試みであろうか?

悦子は弥吉の部屋へ挨拶《あいさつ》に行く三郎を廊下に引止めて、これだけのことを口早に言ったのである。

「はい、ありがとうございます」

旅立ちにすこし勢《きお》い立った落着かない眼差《まなざし》のかがやきに、誇張された感謝をあらわした三郎は、いつもに似げなく悦子の顔をまともに見据《す》えた。悦子は握手を、彼の固い掌の抱擁を、ねがった。おもわず火傷の癒《なお》りかけた右手をさし出そうとした。しかし傷あとの感触が彼の掌に不快な記憶を残すことを考えて差控えた。わずかのあいだ戸惑った三郎は、もう一度快活な微笑の目ばたきを残すと、彼女に背を向けて廊下を急いだ。

「その鞄、ずいぶん軽そうね。まるで学校へ行くようね」

と、うしろから悦子が言った。

美代だけが彼を橋むこうの入口のところまで送って行った。それは権利である。悦子はまざまざとこの権利を見送った。

石畳の道が下り坂の石段にかかるところでもう一度ふりむいた三郎は、庭に出ていた弥吉と悦子のほうへ挙手の礼をした。色づきかけた楓林《かえでばやし》にその後姿が紛れてのちも、彼の笑っている歯は悦子の脳裡《のうり》にあざやかに残った。

美代は室内の掃除をすべき時刻である。ものの五分ほどすると、彼女は石段の木洩《こ》れ陽《び》のなかを倦《だる》そうに登って来た。

「三郎はもう行ったわね」

悦子は意味のない質問をした。

「はい。行きました」

美代も意味のない返事をした。嬉《うれ》しいのか悲しいのか一向にわからない無感動な顔つきである。

三郎を見送ったとき悦子の胸には優しみのある動揺と反省が起ったのであった。痛切な済まなさが、罪の思いが身内にあふれた。美代に暇をやろうという企てを、御破算にしようかとさえ考えた。

しかし戻って来た美代の、すでに三郎との日常に腰を据えている安心しきった顔つきを見ると、悦子は腹を立てた。そしてこの企てが断念すべからざるものであるという最初の確信へ、やすやすと後戻りをした。

第五章

「三郎が帰って来たわ。田圃《たんぼ》の近道を府営住宅のところからやって来るのが、今二階から見えたことよ。それがおかしいのよ。一人なのよ。お母さんの姿は見えないわ」

炊事にかかっていた悦子《えつこ》のところへ、千恵子がこんなことを慌《あわただ》しく注進に来たのは、天理の大祭のあくる日の二十七日の夕刻である。

悦子は七輪の上に鉄灸《てっきゅう》を亘《わた》して秋鯖《あきさば》を炙《あぶ》っていた。これを聞くと、魚を載せた鉄灸を傍《かたわ》らの板に置いて、鉄瓶《てつびん》を火に架けた。このもの静かな動作には、自分の感情に規《き》矩《く》をあてているような物々しさがある。そうして立上ると、二階へ一緒に行ってくれるように千恵子を促した。

二人の女は慌しく階段を昇った。

「まったく三郎って奴《やつ》は人さわがせだね」

寝そべってアナトオル・フランスの小説を読んでいた謙輔《けんすけ》が言った。間もなく悦子と千恵子の熱心に吊《つ》られて、窓際《まどぎわ》に二人の女と顔を並べた。

府営住宅の西方の森の外れには、陽《ひ》がすでに半ば没している。空は炉《ろ》のような夕映えである。

あらかた刈田になった田圃のあいだを、乱れない歩調で歩いてくる人影は確かに三郎だ。何の不思議があろう。彼は予定された日の、予定された時刻に帰って来たのだ。影は彼の斜め前の方向へながながと伸びている。肩からかけた鞄《かばん》が揺れるので、中学生のように片手で鞄を押えている。帽子は冠《かぶ》っていない。不安も危惧《きぐ》もない、長閑《のどか》な、それでいてたゆみのない充実した歩調で歩いて来る。道はそのまま行けば、街道のほうへ出るのである。彼は右折して畦道《あぜみち》に入った。列《なら》んでいる稲架《はざ》の傍らを、今度は時々、足もとに注意しながら歩いている。

悦子は喜びとも恐怖ともつかない烈《はげ》しい己《おの》れの鼓動を聞いた。自分の待っているものが、禍《わざわ》いであろうか幸福であろうか、見分けがつかない。ともかくも待っていたものがとうとう来たのである。来るべきものが来たのである。烈《はげ》しい胸さわぎが、言うべき言葉も容易に言わせない。辛《かろ》うじて千恵子にこう言った。

「どうしましょう。私、どうしたらいいかわからないわ」

一ト月前の悦子の口からこんな心惑いの言葉が洩《も》れるのをきいたら、謙輔と千恵子はどんなにか愕《おどろ》いたことであろう。悦子は変っていた。力強い女は、膂力《りょりょく》を失った。

今彼女が希《のぞ》んでいるのは、帰って来た三郎が、何も知らずに悦子に投げかける最後の優しい微笑と、知るべきことを知って悦子に投げかける最初の烈しい罵倒《ばとう》とであった。この幾夜《いくよ》さを、その二つの夢想に、何度悦子はかわるがわる悩んだことか！　その後《ご》に来るものは、彼女にはもはや既定のことに思われた。三郎は悦子を罵《のの》り、美代の跡を追って出てゆくだろう。明日のこの時刻に、悦子はもう決して三郎を見ることはできないだろう。いや、むしろ恣《ほしいまま》に彼を見ることができるのは、こうして二階の欄干から、遠目に眺《なが》めている今が最後かも知れない。……

「おかしいわ。しっかりなさいよ」と千恵子が言った。「美代に暇を出した時のあの勇気があれば、何もできないことなんかありはしないわ。あたくしたち本当にあなたを見直したのよ。あたくし、本当に敬服していてよ」

千恵子は妹にするように悦子の肩に深く手を掛けた。

美代に暇を出したということの一つの行為は、悦子にとっては、自分の苦痛に対する最初の修正であり譲歩であり、屈服ですらあった。しかるに謙輔夫婦の目には、それが悦子のはじめてとった攻勢と映ったのである。

『姙娠《にんしん》四ヶ月の女に行李《こうり》を背負わせて家を追い出すなんて大したことだわ』

千恵子は心からそう思った。美代の泣き声と悦子の仮借《かしゃく》のない態度と、駅まで美代を送って行って無理矢理に電車に乗せた悦子の冷徹と。昨日目《ま》のあたりに眺めたこのドラマチックな事件は夫婦を甚《はなは》だしく昂奮《こうふん》させた。米殿《まいでん》でこれだけの見物《みもの》が見られようとは、想像もしていなかったことである。美代が真田紐《さなだひも》で行李を背負って石段を下りてゆくあとから、悦子は警官のようについて行ったのだった。

弥吉《やきち》は自室に閉じこもり、挨拶《あいさつ》する美代にも顔を向けずに、永いこと御苦労だった、と一言《ひとこと》だけ言った。浅子は吃驚《びっくり》仰天して、何事が起ったのかわからずに、うろうろしていた。謙輔夫婦は一言の説明もきかないうちから、この事件の意味が理解できたことが得意だったのである。彼らは自分たちが不道徳や罪悪を理解できるという点において、自分たちが不道徳でもありうることを自負していたが、これは新聞記者が社会の木鐸《ぼくたく》を気取るのと似たような衝動である。

「折角あなたがここまで運んだんだから、あとはわれわれが手助けしますよ。遠慮なくわれわれを利用して下さい。できるだけのことをするからさ」

「悦子さんのために、あたくし忠実に働らいてよ。お舅《とう》さまにも今さら遠慮なさることは要らないんだわ」

夫婦は窓際で悦子を央《なか》にして競ってこう言った。悦子は立上って両手で鬢《びん》をこすり上げるような身振をしながら、千恵子の鏡台《きょうだい》の前へ行った。

「オー・ド・コロンを貸して頂戴《ちょうだい》ね」

「どうぞ」

悦子は緑いろの罎《びん》をとりあげて、掌に落した数滴を、神経質に両がわの顳顬《こめかみ》へこすった。鏡には色褪《あ》せた友禅《ゆうぜん》の鏡台掛がかかっている。彼女はそれを上げようともしない。自分の顔を見るのが怖《こわ》かったのである。そのうちに、三郎に間もなく会うべき顔が不安になって、鏡台掛をななめに捲《まく》った。口紅が濃すぎるように思われる。彼女は笹縁《ささべり》のついた小さな手巾《ハンカチ》で口紅を拭《ぬぐ》った。

行動の記憶は感情の記憶に比べて、何という跡方のなさであろう。きのう理不尽な解雇を申渡された美代の泣言を、眉《まゆ》一つうごかさずにきいていた悦子、あの憐《あわ》れな孕《はら》み女に重荷を背負わせて小突くように送って行った悦子、その悦子と現在の自分とが、到底同じ女であると信じられない彼女には、後悔も生れなければ、後悔すまいと心を張りつめる感情の強靱《きょうじん》な抵抗も生れずに、又しても過去の懊悩《おうのう》の連鎖の上に、あの何一つ動かしがたい腐敗した感情の堆積《たいせき》の上に、仕様ことなしに坐《すわ》っている自分の姿を見出《みい》だすに止まった。むしろ人に事新らしく無気力を教えるものが、罪と呼ばれるものではあるまいか？

謙輔夫婦はこの助力の機会を見のがさない。

「今悦子さんが三郎に憎まれたら水の泡《あわ》だわ。お舅《とう》さまがあなたの肩代りをして、美代に暇をやったのはお舅さまだということにして下されば、それがいちばんいい方法だけれど、そこまでお舅さまは大きくないしね」

「三郎には何も言わないが、ただ一切責任を負うのは御免だと仰言《おっしゃ》ったわ」

「お舅さまはそう仰言るのが当り前だわね。とにかく私に委《まか》せてよ。悪いようにはしないことよ。美代のところへ親が急病だという電報が来て国へ帰ったということにしてもいいわ」

悦子は我に返った。彼女は目の前の二人に助言者を見ずに、どこかなまぬるい霧の領域へ悦子をつれてゆく不誠実な案内人の夫婦を見るのであった。悦子は二度とそんな霧の中へ入ってゆくべきではない。それでは昨日のあの烈しい果断も無駄事《むだごと》になろう。

たとい美代に暇をやったという悦子の行為が、三郎に対する切羽つまった愛の告白に他《ほか》ならなかったにしても、それはともかく悦子自身のために、悦子自身が生きようがために、已《や》むをえずしてとった行動であり、それこそ彼女の本分だと考えることのほうを、悦子は好んだ。

「美代に暇を出したのはあたくしだということを三郎ははっきり知らなければいけな

いわ。やっぱりあたくしが三郎に申します。助けて下さらなくても結構よ。あたくし、一人でやってゆきますから」

悦子の冷静な結論が、謙輔夫婦にはやぶれかぶれの惑乱が言わせる暴論としか思えなかった。

「冷静にお考えなさいよ。そんなことをしたら、何もかも水の泡になってしまってよ」

「そりゃあ千恵子の言うように不得策ですよ。僕たちにお委せなさい。悪いようにはしないから」

悦子はわけのわからない微笑をうかべて、すこし口を歪《ゆが》めた。彼女は二人を怒らせて敵に回してしまうことのほかに、自分の行為から有難迷惑な障害を取除く方法はあるまいと考えた。帯のうしろへ手をさし入れて締めなおしながら、彼女は疲れた大きな鳥が、ものうげに羽づくろいをするように、立上った。階段を降りがけに、

「本当に助けて下さらなくて結構よ。そのほうが、あたくしは楽なんですもの」

この遣口《やりくち》は謙輔夫婦を呆気《あっけ》にとらせた。彼らは火事場へ手伝いに来た男が、整理の警官に制止されて怒るように、怒るのであった。火事という一つの秩序のなかでは、

火に対抗する水だけが喫緊事《きっきんじ》であるのに、彼らは金盥《かなだらい》に一杯の微温湯《ぬるまゆ》を持って駈《か》けつける人種に属している。

「ああまで人の親切を無《む》に出来る人は羨《うらや》ましいわね」

と千恵子が言った。

「それはそうと、三郎の母親が来ないのはどういうわけだろう」

謙輔はこう言ってみて、三郎が帰って来るという事実だけに取乱している悦子に吊《つ》られて、ついぞこの発見を話題に乗せなかった手落ちに気づいた。

「もうそんなことはどうでもよくってよ。今後決して悦子さんなんかに手助けをしてやらないから。そのほうがこちらも気が楽だわ」

「これからは安心して、高処《たかみ》の見物ができるわけだ」

謙輔が本音を吐いた。それと同時に、彼は悲惨事に対する彼の高尚《こうしょう》が、何ほどかの人道的な満足の裏附を、失ったことを悲しんだ。

悦子は階下へ下りて七輪のそばに坐《すわ》った。鉄瓶《てつびん》を下ろし、鉄灸《てっきゅう》をまた火に架けた。縁先に弥吉のこしらえた張り出した板があって、そこに置かれた七輪で弥吉と悦子の惣菜《そうざい》が煮炊《にた》きされるのである。美代がいないので、きょうからは飯焚《めした》きは、毎日交代の当番の仕事になった。今日の当番は浅子である。厨《くりや》に行っている浅子の代りに、信子が童謡をうたって夏雄をあやしている。その気ちがいじみた笑い声が、すでに夕闇《ゆうやみ》の澱《よど》んでいる部屋々々に響きわたった。

「何事だい」

弥吉が部屋を出て来て、七輪のそばにしゃがんだ。せせこましく菜箸《さいばし》をとって鯖《さば》を裏返した。

「三郎が帰りましたの」

「もう帰っているのか」

「いいえ、まだ」

縁先四五尺のところは茶の垣根《かきね》である。没陽《いりひ》の名残《なごり》が垣根の葉末にこびりついたような光りを凝らしている。まだ花ひらかない固い蕾《つぼみ》は、同じ形の沢山のちいさな影絵を点綴《てんてい》している。手入れの十分でない垣の上に一二本高く伸び上った小枝だけが、下から光りを受けて一そうのびやかにかがやいてみえる。

石段を上って来る口笛の音は三郎だ。

悦子はいつぞや弥吉と碁盤にむかっていたとき、就寝の挨拶《あいさつ》に来た三郎のほうをふりむくこともできなかった切なさを思い起した。悦子は目を伏せた。

「只今《ただいま》かえりました」

三郎が垣根の上に胸から上を現わしてこう呼びかけた。シャツの胸ははだけて、浅黒い咽喉《のど》が見える。悦子の視線は、彼の無邪気な若々しい笑顔にぶつかった。もう二度と彼のこのようなこだわりのない笑顔は見られまいと思うと、この注視には、甘い痛々しい努力が伴った。

「ああ」

弥吉は上《うわ》の空《そら》で会釈《えしゃく》を返した。三郎を見ずに、もっぱら悦子のほうを眺《なが》めながら。火がたまたま鯖の油について焔《ほのお》をあげた。悦子がそのままにしているので、弥吉があわてて吹き消した。

『何ということった。家じゅうが悦子の恋に気がついて持て余しているというのに、当の小僧っ子だけはそれに気がつかないのだ』

弥吉は又ぞろ燃え上る魚油の焔を、忌々《いまいま》しげにまた吹き消した。

悦子はといえば、たった今謙輔夫婦の前で誇示して来た、自分の口から三郎に打明けるというあの狂おしい勇気が、実のところ空想的な勇気にすぎなかったことを思い知った。あの無垢《むく》な晴れやかな笑顔を見てしまった以上、どうしてそんな忌わしい勇気が持てよう。だが今となっては、助けを借りるべき人はどこにも居ない。

……とはいうものの、ともすると悦子が誇示したこの勇気には、はじめからその挫《ざ》折《せつ》の予想が含まれていて、誰《だれ》の口からも三郎の耳にまだ不祥事が告げられていない安らかな時間を、少くとも一つ屋根の下に憎み合わずに悦子と三郎の居られる時間を、一寸《いっすん》のばしにのばそうとねがう狡猾《こうかつ》な欲望が、織り込まれていたのではあるまいか？

――しばらくして、弥吉が言った。

「おかしいね。あいつ母親を連れて来ないじゃないか」

「本当に」

悦子は今はじめて知ったように怪訝《けげん》そうな合槌《あいづち》を打った。一種異様な喜ばしい不安にかられて、

「きいてみましょうかしら。後《あと》から来るのか来ないのか」

「およし。そうすれば、いきおい美代のことにも触れざるをえなくなるよ」

弥吉は年寄くさいたるんだ皮膚のような皮肉な調子でこう遮《さえぎ》った。

それからの二日間は、奇妙な無風状態が悦子のまわりに在《あ》った。この二日間は、絶

望的な病人にあらわれるあの説明しがたい贋物《にせもの》の恢復《かいふく》状態、看取《みと》りの人たちの愁眉《しゅうび》をひらかせ、一度は断念した希望のほうへもう一度徒《いたず》らに顔を向けさせるあの皮肉な病状の持直しを思わせた。

何事が起ったのか？　今起っているものは、これは幸福なのか？

悦子はマギを連れて永い散歩に出た。また梅田駅へ特急の切符を頼みにゆく弥吉を見送りに、マギの鎖を引いて岡町駅まで行った。二十九日の午後のことである。

つい二三日前、彼女が険しい顔つきで美代を送った同じ停車場の、白いペンキが新たに塗られた柵《さく》に凭《もた》れて、弥吉はしばらく悦子と立話をした。今日の弥吉はめずらしく髭《ひげ》を剃《そ》って背広を着ている。あまつさえスネイク・ウッドのステッキを携えている。彼は何台か梅田行の電車をやりすごした。

悦子のいつにない幸福そうな様子が弥吉を不安にしているのだった。犬があたりをいそがしく嗅《か》ぎまわるので、彼女は下駄《げた》を爪先《つまさき》立てて、ときどきよろめいては、犬を叱《しか》った。さもないときは、すこし潤んでみえる目と、習慣になったような緩《ゆる》やかな微笑とで、駅前の書店と肉屋の前に、立ちどまっては又何も買わないで動きだす人の往来《ゆきき》をじっと眺《なが》めている。書店には子供の雑誌の広告の赤や黄の旗がひらめいている。風がやや鋭くなった曇りがちの午後である。

『こんな悦子の幸福そうな様子は、三郎と何か話し合いでもついたのかな。きょう大阪へ一緒に来ないのはそのためかな。そうだとすれば明日からの永い旅の同行に、異を唱えないのはどうしたことだろう』

弥吉は誤って見ていたのである。悦子の幸福そうにもみえる様子は、実は彼女が考えに考えた末、考えあぐねてぶつかった混沌《こんとん》の前に、手を束《つか》ねている静けさにすぎなかった。

三郎は昨日一日、何事もない顔つきで草刈りをしたり、畑へ出たりして過した。別に動揺している様子は見えない。悦子がとおりかかると、麦藁《むぎわら》帽子を脱いで挨拶をする。今朝も同じである。

もともと無口なこの若者は、主人側から命令や質問を受けない限り、進んで話しかけることはたえてなかった。終日黙っていても苦にならない。美代が居れば居るで、十分ふざけるだけの潑溂《はつらつ》さもあった。輝やかしい若さにあふれた容貌《ようぼう》は、黙っていても決して沈鬱《ちんうつ》な引込思案の印象を与えなかった。体全体が太陽や自然に語りかけ歌いかけるかのような、その働らいている五体の動きには、真の生命の饒舌《じょうぜつ》とも謂《い》うべきものが溢《あふ》れていた。

推測するに、この単純で信じ易《やす》い魂の持主が、いまだに美代がこの家に居ることを呑気《のんき》に確信していて、ちょっとした泊りがけの用事から今日中にでも帰って来るだろうと考えていることは、有り得ることである。それについて少しばかりの不安があっても、弥吉や悦子に美代の行方を訊《たず》ねるような彼ではない。

こう考えると悦子は三郎の平静さが、一から十まで悦子自身に懸っていることを信じたい気持になった。悦子がまだ打明けていないからだ。おかげでまだ何も知らない三郎は、彼女を罵《ののし》ろうとも、美代のあとを追ってここを出てゆこうともしないのは当然である。ここに至って、打明ける勇気が悦子のなかに衰えてゆくことは、啻《ただ》に悦子のためばかりではなく、三郎のこのつかのまの仮想の幸福のためにも、むしろ望ましいことであるような気がしだした。

しかし彼が母を伴わなかったのは何故《なぜ》だろう。天理の大祭からかえっても、訊《き》かれない限り進んで大祭の模様や旅の出来事をつぶさに語るようなことのない三郎である。この点で悦子は再び判断に迷った。

……かすかな言いがたい希望が、もし口に出して言ってしまえば嗤《わら》うべき空想にすぎない微小な希望が、これらの不安の底から悦子に生れていた。罪のうしろ暗さとこの希望とが、三郎をまともに見ることを彼女に憚《はばか》らせた。……

『三郎の奴《やつ》、何だって平気な顔をして、あわてもしないのだ』――と弥吉は考えつづけた。『美代に暇をやればすぐ三郎も出てゆくにちがいないと、悦子も思い、儂《わし》も思ったのに、この目算は、ひょっとすると外れるかもしれない。なに、構わない。悦子と旅へ出てしまえば、それでおしまいだ。儂だって東京へ出てみれば、どんな加減で新らしい僥倖《ぎょうこう》にぶつからないとも限らぬではないか』

悦子はマギの鎖を柵に結えて線路のほうへ振向いた。曇り日の下に線路が鋭利に光っている。無数の微細な擦《かす》り傷をもった鋼鉄のまばゆい断面が、悦子の目の前にふしぎな親しみのある平静さで延びている。線路のそばの灼《や》けた砂利の上に、繊《こま》かい銀いろの鋼粉がこぼれ落ちている。やがて線路は、にぶい震動の予感を伝えて鳴りだした。

……

「雨は大丈夫でございましょうね」

と突然悦子は弥吉に言った。先月の大阪行を思い出したのである。

「この空もようなら大丈夫です」

弥吉は念入りに空を仰いで答えた。あたりが轟《とどろ》いて、上り電車が構内へ入ってきた。

「お乗りになりませんの」

悦子がはじめてこう訊ねた。

「どうしてお前も一緒に行かんのだね」

電車の轟音《ごうおん》で高めざるをえぬ声が、この詰問《きつもん》の調子をゆるした。

「だってこんな普段着で、それにマギがおりますし」

悦子の言葉は言訳にならない。

「マギはあそこの本屋へあずけたらいい。あの主人は犬好きだし、昔からひいきにしている店なんだから」

悦子はなお思案しながら犬の鎖を解いた。そうしているうちに、明日の旅立ちを控えた今日の米殿《まいでん》の最後の半日を犠牲にすることも心に叶《かな》うような気持がしだした。このまま家へかえって、三郎と一緒にいることが、ふいに苦痛に似た形で想像されたのである。一昨日彼が天理からかえった当座は、忽《たちま》ち目の前から失われることを悦子が確信した彼の姿が、まだそのままに目《ま》のあたりに動くのを見ると、悦子はほとんどわが目を疑うばかりか、彼を見ているのが不安になるのだった。三郎が畑のさなかに何事もなく鍬《くわ》を動かしている姿を見ていると、彼女は怖《こわ》くてたまらなかった。きのうの午後一人で出た永い散歩も、こうした恐怖からのがれたいためではなかったろうか？　悦子は犬の鎖を解きざま、

「それじゃあ、まいりますわ」

と弥吉に言った。

三郎と並んで歩きながらあの無人の自動車路《みち》のはてに悦子が想像した大阪の只中《ただなか》を、今悦子は弥吉と並んで歩いているのだった。何の行き違いが、人生にしばしばこうした奇妙な配合をもたらすのであろう。二人は阪急百貨店の地下道が大阪駅の構内へ通じていることを、戸外の雑沓《ざっとう》へ出てからはじめて思い出した。

弥吉はステッキを斜めにかまえて、悦子の手を引いて交叉点《こうさてん》を横切った。手が離れる。

「早く！　早く！」

彼は向う岸の歩道から大声で呼んだ。

二人はモオタア・プールの半周をめぐって、たえず傍《かたわ》らをすぎる自動車の警笛におびやかされながら、大阪駅の雑沓へ分け入った。与太者が夜行の切符を、鞄《かばん》をもった人と見ると、売り込んでいる。悦子はその青年の黒いしなやかな頸筋《くびすじ》が三郎に似ていると思って振向いた。

弥吉と悦子は列車の発着を告げる拡声器がかまびすしい正面玄関の広間を横切った。そして打ってかわった閑散な廊下へ出ると、駅長室の標識が頭上に見られた。

……悦子は駅長と話し込んでいる弥吉に取り残されて、待合室の白麻のカバアをかけた長椅子《ながいす》で憩《やす》むうちに、われにもあらずうつらうつらした。電話の高声で目をさまされる。広い事務室に立ち働らいている駅員たちの起居を見ながら、彼女は自分の甚《はなは》だしい疲弊を、それのみならず、心の疲労が生活の劇《はげ》しい動きを見ることだけで苦痛をもたらすまでになった何ものかの夥《おびただ》しい累積《るいせき》を感じた。椅子の背に頭を凭《もた》せて、悦子が見ているのは一台の卓上電話が、たえずベルの音と甲高《かんだか》い話声とをかわるがわるおびきだしている光景だった。

『電話。あんなものを見るのもずいぶん久しぶりのような心地がする。人間の感情がたえずその中を交錯するのに、それ自身はただ単調なベルの音を立てることしかできない奇妙な機械。あれは自分の内部を、あれほどさまざまな憎悪《ぞうお》や愛や欲望がとおりすぎることで、すこしも痛みを感じることがないのかしら。それともあのベルの音は、あれがひっきりなしに挙げている、痙攣《けいれん》的な、耐えがたい苦痛の叫びでもあるのかしら』

「待たせたね。切符は手に入ったよ。なかなか明日の特急のは手に入りにくいそうだ。これは大へんな厚意です」

弥吉は彼女のさしだした手に青切符を二枚載せた。

「二等だよ。お前のために奮発したのだ」

実は三等が向う三日間売切れなのだった。それに引代え二等ならば切符売場でも買えるのであったが、駅長室へ一度足を踏み入れてしまった体面上、二等ではいやとは云《い》えない弥吉である。

二人はそれから新らしい歯刷子《はブラシ》や歯磨粉《はみがきこ》や悦子のヴァニシング・クリームや今夜の杉本家のいわゆる「送別会」のための安ウイスキーを百貨店で買って、家路についた。

すでに朝のうちから明日の旅立ちの荷物は調《ととの》えられていたので、大阪でのわずかな買物を鞄へ納めてしまうと、悦子に残された仕事は、少しばかりふだんより豪勢な晩の送別会の食事を作ることであった。あれ以来あまり悦子と口を利《き》かない千恵子も、浅子も加わって料理を手伝った。

慣習というものは概して迷信的な守られ方をするもので、いつもは使われない十畳の座敷で、今夜に限って一家が揃《そろ》って夕食を摂《と》ろうという弥吉の提案は、あまり明るい気持で歓迎されるわけには行かなかった。

「悦子さん、親爺《おやじ》があんなことを言い出すのはおかしいぜ。もしかしたら、あんた、東京で親爺の死水をとるようなことにならないとも限らないぜ。御苦労さま」

と台所へつまみ喰《ぐ》いに来ていた謙輔が言った。

悦子は十畳の座敷の掃除がすんだかどうかを見に行った。まだ灯《あか》りの来ないがらんとした十畳は、夕明りに委《ゆだ》ねられているさまが、索漠《さくばく》として、大きな空っぽの厩《うまや》のように思われる。三郎が一人で庭のほうを向いて箒《ほうき》を使っていた。

この若者の云おうような い孤独な姿は、おそらく部屋の暗さと、手にした箒と、箒がしめやかに畳にすれあう蕭々《しょうしょう》たる音とから、強められた印象であったにしても、閾《しきい》際《ぎわ》に立って見つめていた悦子は、彼の内心の姿をはじめて見たように思うのだった。

彼女の胸は罪の思いに嚙《か》まれ、それと同等の強さの恋心に燃え立った。苦痛をとおしてはじめて悦子は素直に恋に悩んでいたのである。きのうから彼を見ていることが怖《こわ》かったのは、ともすると、端的に恋の仕業《しわざ》であったかもしれないのだ。

彼の孤独は、しかしながら、悦子が入《い》り込む隙《すき》を見つけかねるほど、堅固な純潔なものに思われた。恋の憧《あこが》れが理性と記憶を踏みにじり、目前の罪の思いの原因である美代の存在をも、やすやすと悦子に忘れさせた。ただ三郎に詫《わ》び、彼の罵《ののし》りをうけ、自分自身を罰したいと考えるこの殊勝さには、歴然たる利己主義《エゴイズム》があらわれていたのだが、これほどの純粋な利己主義を、この自分のことばかり考えているように見える女が、実ははじめて味わっていたのである。

三郎は薄暗がりに立っている悦子に気づいて振向いた。

「御用でありますか？」

「御掃除は済んだのね」

「はい」

悦子は部屋の中央まで来てあたりを見廻わした。三郎は腕捲《まく》りをしたカーキいろのシャツの肩に箒を凭せてじっとしている。暗がりに立っている幽霊のような婦人の胸が甚だしく波立っているのに彼は気づいた。

「あのね」と悦子が苦しげに言った。「今晩、夜中の一時にね、済まないけれど裏の葡萄畑《ぶどうばたけ》で待っていてくれないこと？　あたくし旅へ出る前に、どうしてもあなたに話したいことがあるの」

三郎は黙って答えない。

「どうなの？　来てくれるの？」

「はい、奥さま」

「来るの？　来ないの？」

「まいります」

「一時よ。葡萄畑にね。誰《だれ》にもわからないようにね」

「はい」

三郎はぎこちなく悦子を離れて、箒であらぬ方《かた》を掃きだした。

十畳の電球は百ワットの筈《はず》であるのに、ここも点《つ》いてみると、四十ワットほどの明るさもない。なまじ薄暗い電灯がついたので、座敷は夕闇《ゆうやみ》の仄暗《ほのぐら》さよりも、さらに暗い感じになった。

「これじゃあ気勢が上りませんね」と謙輔が言い出してからというもの、みんなは食事のあいだじゅう電灯を気にしてかわるがわる見上げた。

その上、めずらしく客用の膳《ぜん》が出され、三郎も入れて一家八人が、床柱を背負った弥吉を中心に、コの字型に並んだのはよいが、有田焼の深鉢《ふかばち》のなかの甘煮《うまに》の如《ごと》きは、蔭《かげ》になってろくすっぽ見えないので、謙輔の提案で八人のコの字型は、四十ワットの電灯の灯下へ窄《せば》められた。そこでその光景は宴会というよりも、内職の夜なべ仕事に集まったような風情《ふぜい》になった。

一同は二級ウイスキーを注《つ》いだグラスをあげて乾盃《かんぱい》した。

悦子は自分の作った不安に苛《さい》なまれ、謙輔のおどけ面《づら》も、千恵子の青鞜《せいとう》派流の饒舌《じょうぜつ》も、夏雄の機嫌《きげん》のよい高笑いも、目には見えず、耳にはきこえなかった。山登りがますます険阻な山を求めるように、悦子は不安と苦痛の能力にそそのかされて、更に多くの新たな不安と苦痛を醸成した。

とはいうものの、現在の悦子の不安には彼女の独創的な不安と異質な、何かしら凡庸なものがあった。美代に暇をやるという行動に出たときに、すでにこの新たな不安の、最初の兆《きざし》が見られたのであったが、彼女がこのようにして徐々に犯す誤算の大きさは、彼女がこの地上で振り当てられた一つの役割、彼女が辛《かろ》うじてこの地上で坐《すわ》ることを許された一つの椅子を失わすにいたるかもしれなかった。ある人にとっての入口であるものが、彼女にとっては出口であるのかもしれなかった。その扉《とびら》は火の見櫓《やぐら》ほどの高さにあるので、多くの人がその入口へのぼってゆくことを断念するのに、たまたまはじめからそこに住んでいる悦子が、窓のない部屋から出てゆこうと出口の扉をあけると、足を踏み外して墜死するかもしれないのだった。この部屋を決して出てゆかないという前提が、この部屋を出てゆくために用いられるあらゆる叡智《えいち》の、唯《ゆい》一《いつ》の礎《いしずえ》であるかもしれないのに。

悦子は弥吉の隣りに坐っていた。従って視線を転ずることなしには、彼女はこの年老いた旅の道づれを見ないですんだ。彼女は真向いの三郎が、謙輔にすすめられて呑《の》むグラスに気をとられた。灯火に美しく煌《きら》めいている琥珀《こはく》いろの液体を充《み》たしたグラスを、彼の部厚い朴訥《ぼくとつ》な掌は、いたわるように扱った。『あんなに呑んではいけない。今夜彼が呑みすぎたら、何もかも御破算になる。彼が酔いつぶれて寝過したら、すべては崩れてしまう。今夜だけだというのに。明日の私はもはや旅人なのに』

謙輔が重ねて注ごうとしたとき、悦子はたまりかねて手を伸ばした。

「うるさいお姉さまだね。可愛《かわい》い弟には呑ましてやるもんですよ」

謙輔が公然と二人の間柄《あいだがら》を諷《ふう》したのはこれが最初である。

言葉の裏の意味をさぐったりすることのできない三郎は、わけもわからずに、空《から》のグラスを握って笑っている。悦子も平気を装って、笑いながら言った。

「だって未成年者は体に毒ですわ」

罎《びん》はすでに悦子の手に奪われていた。

「悦子さんって、未成年者保護協会の女会長というところね」

千恵子は良人《おっと》の肩を持って、優柔な敵意を示した。

ここまで来れば、ここ三日というもの口に出すことが禁忌《タブー》に属していた美代の不在が、あけすけに口に出されないとも限らない。適度の親切と適度の敵意とがうまい具合に中和した冷淡さで、この禁忌《タブー》は守られて来たのであった。頬《ほ》っかぶり主義の弥吉と、親切を禁断された謙輔夫婦と、三郎とおよそ言葉を交わすことのない浅子とが、たまたまそれと知らずに結んだ規約に従って、この禁忌《タブー》が守られることを可能にしたのであった。しかし一角が破られれば、忽《たちま》ち危険は現前する。今では千恵子が悦子の目の前で、彼女の行為をあばく事態すら、有り得ないことではなかった。

『折角自分の口から三郎に打明けて、彼の責めを受けようと決心した今夜になって、それが他人の口から三郎に告げられるのを、見ていなければならないとしたら、どうしよう！　三郎は怒るより前《さき》に、悲しみを隠して黙るだろう。更にわるいことは、皆の手前を考えて、笑って私を恕《ゆる》そうとするだろう。すべてがこのまま終るだろう。何もかも、苦痛の予測も、ありえない希望も、喜ばしい破滅も、何もかも終るだろう。夜中の一時まで何一つ意外事が起りませんように！　私の手を俟《ま》つまで、何一つ新らしい事が起りませんように！』

悦子は蒼《あお》ざめて固く坐ったまま口を利《き》かなくなった。

心ならずも彼女の苦悩の非力な共鳴者としての自覚をもちだした弥吉には、悦子の感じている危険の内容はおぼろげにしかつかめぬにしても、その危険を感じている心の動揺の度合は、大ざっぱに察せられるだけの訓練が積んでいたので、今の場合、謙輔夫婦の前に、悦子を庇《かば》う雅量のほどを示してやることが、明日からの旅のたのしみのためにも、必要不可欠の処置だと見てとって、一座の気分を白けさす才能については、社長時代から自信のある長広舌を、永々とはじめて悦子を救った。

「三郎はもうやめたがいいよ。儂《わし》がお前の年頃《としごろ》には、酒は勿論《もちろん》のことです、煙草《たばこ》さえたしなまなかったものだ。お前は煙草はやらんから、それは感心だ。若いうちは余計な趣味嗜好《しこう》を持たんほうが、のちのちのためによろしいのです。酒が好きになるのはです、四十すぎでもおそくはないんだ。謙輔などは、実はまだ早いといえる。尤《もっと》も時代がちがう。時代の差というものはです、これは考慮に容《い》れなければならんが、それにしてもだ。……」

みんなが黙った。突然浅子が他意のない頓狂《とんきょう》な声を張り上げて、

「まあ、夏雄が寝ちゃったわ。ちょっとこの子を寝かしつけてまいりますわ」

浅子が膝《ひざ》にもたれて眠っている夏雄を抱き上げて立上った。信子があとについて行った。

「夏雄に見ならって、われわれもおとなしくなりましょう」

装った子供らしさで、謙輔が弥吉の気心を察して言った。

「悦子さん、罎を返して下さいな。今度は僕一人で呑みますから」

悦子は上《うわ》の空《そら》で自分の傍《かたわ》らに置いた鏝を、上の空でまた謙輔の前へ押しやった。彼女は三郎の姿からもう目を離そうと思っても離すことができない。視線が合うたびに、きまりわるげに視線を外すのは、彼のほうである。

こうして三郎を見ていると、彼女は今まで退引《のっぴき》ならない運命だと故意に考え、また考え了《おお》せていた明日《あす》の旅立ちが、急に何か不確定な、どうにでも変えられる予定のような気がして来るのに狼狽《ろうばい》した。今の彼女の念頭にある地名は、東京ではなくて、それをも強《し》いて地名というなら、裏手の葡萄畑が唯一のものだった。

杉本家の人たちが葡萄畑の通称で呼んでいる場所は、その実、弥吉が今は葡萄の栽培を放棄してしまった三棟の温室と、百坪ほどの桃林とから成る裏手の一劃《いっかく》で、山行《やまゆき》や祭へゆくときの道筋に当っている。しかしそういう時以外には、杉本家の人たちは滅多にこの三四百坪の半ば見捨てられた島のような地所を訪れない。

……悦子ははやくもそこで三郎と逢《あ》うときの身仕度を、弥吉にその身仕度を気づかれない用心を、履物《はきもの》の用意を、怖《おそ》ろしい軋《きし》り音を立てる厨《くりや》の裏木戸を寝しなに人に知られぬように開けておく算段を、つぎつぎと思いめぐらして不安にかられた。

一歩退《しりぞ》いて考えれば、三郎とただ長話をするためだけに、これだけの秘密作業、あのような時間、あのような場所の約束は、要らない苦労のように思われる。むしろ笑うべき無駄事《むだごと》のように思われる。彼女の恋に誰も気づかなかった数ヶ月前ならいざ知らず、すでに半ば公然の秘密になった今では、無用の誤解を避けるためにも、ただの「長話」は昼間の戸外でやればよいように思われる。彼女が望んでいるのはいたましい告白の長話だけで、それ以外のことではないのである。

悦子にわざわざこれらの煩瑣《はんさ》な秘密を希《ねが》わせるのは何ものの仕業《しわざ》であろう？ 悦子は、この最後の一夜に、形式上の秘密にもあれ、秘密を持ちたいのだ。三郎と秘密を頒《わか》ちたいのだ。三郎との間に、最初で最後のものかもしれない秘密を持ちたいのだ。三郎がついに彼女に何一つ与えてくれぬにもせよ、彼からこの些《いささ》か危険でないこともない秘密を与えてもらいたいのだ。それくらいの贈物は、是が非でも彼から要求する権利を、悦子は感じるのだ。……

十月の半ばからすでに夜寒と朝寒に対抗して、弥吉は彼がナイト・キャップと称するところの毛糸の帽子をかぶって寝《やす》んだ。

悦子にとってはこれは微妙な標識だった。寝床にもぐりこむときに彼がこれをかぶっている晩は、悦子に用のない晩である。かぶらずに寝る晩は、用のある晩である。

送別会が果てて十一時に、すでにして悦子は弥吉の寝息を傍らに聞いた。明日の朝の旅立ちにそなえて、睡眠は十分にとらねばならない。かぶって寝た毛糸のナイト・キャップは、すこしずれて白髪の汚れた生え際《ぎわ》を露《あら》わにしている。彼の白髪はいつまでたっても純白にならずに、不潔な感じを与える胡麻塩《ごましお》であった。

寝つかれない悦子が寝しなに読む書物のためのスタンドの灯《あか》りで、彼女はその真黒なナイト・キャップをうかがった。ややあって灯《ひ》を消した。もしもまた弥吉が目をさましたときに、あまり遅くまで本を読んでいる不自然を感じさせてはならない。

それからの二時間ちかくを、悦子は闇のなかで、おそろしい待ち遠しさですごした。この焦慮と徒《いたず》らな熱い夢想とは、三郎とのあいびきを無限に喜ばしいものに思いえがかせた。彼女は三郎に憎まれたいための告白のおつとめを、恋心に浮かされて祈禱《きとう》を忘れる尼僧《にそう》のように忘れるのであった。

悦子は厨に隠しておいた普段着を寝間着の上に着て朱いろの伊達巻《だてまき》を締めると、古い虹《にじ》のような色をしたウールの襟巻《えりまき》を巻き、黒綸子《りんず》のコートを着た。マギは玄関脇《わき》の犬小屋に繋《つな》がれて眠っているので、吠《ほ》える惧《おそ》れはない。厨の裏木戸を出ると、夜に入って晴れた空は月明りで昼のようである。まっすぐに葡萄畑へ行かずに、まず三郎の寝部屋の前まで行った。窓が開け放たれている。掛蒲団《かけぶとん》がはねのけてある。彼は窓から跳び下りて、さきに葡萄畑へ赴《おもむ》いたにちがいない。この誠実さの発見が、思いがけない官能的な喜びで、悦子の胸をくすぐった。

一ト口に裏手といっても葡萄畑と家との間には峡《はざま》のような凹地《くぼち》の藷畑《いもばたけ》が横たわっている。しかも葡萄畑はこちらへ向いた側面を二三間《げん》幅の竹藪《たけやぶ》に覆《おお》われているために、家からは温室の輪廓《りんかく》をうかがうことも全く出来ない。

悦子は藷畑の峡谷をつらぬく草深い小径《こみち》を伝わった。梟《ふくろう》が鳴いている。藷掘りのおわった畑の柔土《やわつち》を、月が、ボール紙をこねて作った山脈の地形図のようにみせている。径の一個所が茨《いばら》に覆われているので、二足三足畑を歩いたらしい運動靴のゴム底の足跡は、三郎のそれである。

悦子は竹藪の外れに出て、しばらく勾配《こうばい》をのぼって、葡萄畑の一劃が、月かげに隈《くま》なく見渡される樫《かし》の木かげへ来た。硝子《ガラス》のおおかた壊れた温室の入口に、三郎が腕組みをしてぼんやり立っている。

五分刈の髪の黒さは、月の光りのせいで、甚だ鮮やかにみえる。寒さがこたえぬとみえて、上着を着ていない。弥吉のお下りの灰いろの手編みのスウェーターを着ている。

彼は悦子を見て勢いよく腕組みを解くと、踵《かかと》を合わせて遠くから挨拶《あいさつ》した。悦子は近づいた。しかし物を言うことができない。

ややあってあたりを見まわして、こう言った。

「どこか、坐るところはないかしらんねえ」

「はい、温室のなかに椅子があります」

この言葉に微塵《みじん》も躊躇《ちゅうちょ》やはじらいのないことが悦子に軽い失望を与えた。

彼が頭をかがめて温室の中へ入ったので、彼女はこれに続いた。あらかた硝子のない屋根は、鮮明な枠《わく》の影と、干からびた葡萄と葉の影を、床《ゆか》の敷藁《しきわら》に落している。小さな丸い雨ざらしの木の椅子がころがっていたので、三郎は腰の手拭《てぬぐい》で丹念にそれを拭《ふ》いて悦子にすすめ、自分は錆《さ》びついたドラム缶を横たえてそれに掛けた。ところがドラム缶の椅子は安定を欠いていたので、床の敷藁に仔犬《こいぬ》のように片膝《かたひざ》を立てて胡坐《あぐら》をかいた。

悦子が黙っている。三郎は藁をとって、指に巻いて、これを鳴らした。

悦子が迸《ほとばし》るような口調でこう言った。

「美代は私が暇をやったのよ」

三郎は何事もなく彼女を見上げて言った。

「知っています」

「誰にきいたの？」

「浅子奥様からききました」

「浅子さんから……」

三郎はうつむいて、又藁を指に巻いた。悦子の愕《おどろ》きをまともに見るのが、きまりが悪かったのである。

うつむいた少年の憂《うれ》わしげな様子は、事の意外に想像力をはげまされた悦子の目には、理不尽にも生木《なまき》を裂かれ、ここ一両日を精一杯の朗らかさを装いながら、ようやくその悲しみに耐えぬいて来たはての、おどろくべき健気《けなげ》な素直さ、そしてこの比類のない素直さの裏にひそめた烈《はげ》しい無言の抗弁のように思われた。どんな荒々しい罵《のの》りよりも、この無言の抗弁に胸を刺されて、彼女は椅子に掛けたまま深く体を折った。落着きなく手の指を握り合わせると見ればまた離しながら、低い熱っぽい声で訴えだした。どれほど激越な感情を抑え抑え喋《しゃべ》っているかは、その声がときどき歔欷《きょき》するように途絶えるのでわかる。しかもそれはまるで怒ってでもいるようにきかれる。

「恕《ゆる》して頂戴《ちょうだい》。あたくしは苦しんだのよ。こうする他《ほか》はなかったのよ。それにあなたは嘘《うそ》をついた。あなたと美代はあんなに愛し合っていたのに、あたくしには、愛していないなんぞと嘘をついた。あたくしはあなたの嘘のおかげでますます苦しくなって、あなたがまるで気がつきもしないこんな苦しみを嘗《な》めさせられていることをあなたに知らせるためには、同じくらいあなたが謂《いわ》れのない苦しみを味わう必要があると思ったの。どんなにあたくしが苦しんできたか、あなたには想像もつかない筈《はず》だわ。もしもそれが胸の中からとり出して比べられるものだったら、今のあなたの苦しみとあたくしのとを、どちらが大きいか競ってみたいと思うほどだわ。あたくしあまり苦しくて、自分を制し切れなくなって、火のなかで自分の手を焼いたのよ。ごらんなさい。あなたのためよ。この火傷《やけど》はあなたのためよ」

悦子は月光の下へ掌の傷あとをさし出した。三郎は怖いものにさわるように、反《そ》らした悦子の指さきにそっと指を触れて、またすぐ離した。

『天理でもこんな乞食《こじき》を見たっけが、傷口を誇示して憐《あわ》れみを乞う乞食というのは、本当におそろしい。奥様には何だか、莫迦《ばか》に気位の高い乞食と謂ったところがあるなあ』

彼女の気位の高さの原因がのこらず彼女の苦痛に在《あ》ることにまでは思い及ばずに、三郎はそんな風に考えた。

今以《もっ》て三郎には悦子が自分を愛していることがわからなかった。

彼は悦子の持ってまわった告白から、自分にどうやら納得のゆく事実だけを拾い上げようと骨を折った。目前の女は苦しんでいる。これだけは確実だ。彼女は深い原因とては知る由《よし》もないが、とにかく三郎のおかげで苦しんでいる。苦しんでいる人は、慰めてやらねばなるまい。ただどうやって慰めてよいものかわからなかった。

「いいんです。私のことなら、御心配は要らないであります。美代さんが居なくても、ちょっとの間、淋《さび》しいくらいで、大したことはありません」

まさかにそれが三郎の本音だとは量《はか》りかねて、この途方もない寛大さに半ば呆《あき》れながら、なおも悦子の疑りぶかい眼差《まなざし》は、この優しい単純ないたわりのなかに、へりくだった嘘を、隔てを置いた礼儀作法を探すのであった。

「まだ嘘を言うの。愛している人と無理矢理に引き離されて、それが大したことではないというの。そんなことってあって？　あなたったら、これだけあたくしが何もかも打明けて詫《わ》びているのに、まだあなたの本心を隠して、心からあたくしを恕そうとはしてくれないのね」

悦子の底知れないロマネスクな固定観念に対抗するに、三郎の硝子のような単純な魂以上に、無為無策な敵手は考えられない。彼は戸まどいしたあげく、悦子が責めているのは結局彼の嘘だと思いあたって、さきほど彼女が非を鳴らした三郎の重大な嘘、

「美代を愛していない」という嘘が、本当だったということを立証すれば、彼女の気も済むのだろうと考えた。彼はきっぱりした口調でこう言った。

「嘘ではありません。ほんとうに御心配は要らないであります。私は美代さんを愛していませんでしたから」

悦子はもう歔欷《すすりな》いたりしない。彼女はほとんど笑っていた。

「また嘘を！　またそんな嘘を！　あなたったら、そんな子供だましの嘘で、いまさらあたくしを欺《だま》せると思っているの」

三郎は途方に暮れた。何とも言いようのないむつかしい女を前にして、手こずった。黙るほかはない。

悦子はこの沈黙のやさしさにはじめて息がつけた。深夜の貨物電車があげる汽笛の遠音《とおね》をしみじみと聴いた。

自分の考えを追うのに忙がしい三郎は、汽笛どころではない。

『何と云ったら奥様は信じるのだろう。日外《いつぞや》奥様は、天地が引っくり返る一大事のように、愛するの愛さないのということを問題になさった。ところが今の奥さまは、何と言っても嘘だといってお取上げなさらない。そうだ、証拠がほしいのかもしれん。

事実を言えば、きっと信じるだろう』

彼は坐り直して、中腰になって、急に勢い込んで話しだした。

「嘘ではありません。私は美代さんをそんなに女房に貰おうという気もしませんでした。天理でそんなことをお袋にも話したのであります。お袋はもともと私の結婚には頭から反対で、とても早すぎるというのであります。私はどうしても言えなかったものですから、子供が出来たことは言いませんでした。お袋はそこでますます反対して、そんな気に入らない女を嫁にもらって何になるというのであります。そんなけがらわしい女の顔を見るのもいやだと謂って、米殿《まいでん》へやって来ないで、天理からまっすぐに国へかえったのであります」――

訥弁《とつべん》で語られたこの甚だ朴訥《ぼくとつ》な物語には、言いがたい真実が溢《あふ》れていたので、悦子は夢の中のよろこびのような、いつ消えるともしれない瞬間のあざやかな喜びを、貪《むさぼ》り味わうことに怖れを抱かなかった。聴くうちに悦子の目はかがやき、鼻孔は慄《ふる》えた。

彼女は半ば夢心地でこう言った。

「どうしてそれを言わなかったの。どうしてそれを早く言わなかったの」

またこんな風にも言った。

「そうだったの。お母さんを連れて来なかったのはそのためだったのね」

またこんな風にも言った。

「そうしてあなたがここへかえって来て、美代が居なかったのは都合がよかったわけね」

これらの言葉は、半ばは口の中で、半ばは口に出して言われたので、悦子自身にも、執拗《しつよう》に繰り返される内心の独白と、口に出して言われた独り言との、意識の上でのけじめをつけることが至難になった。

夢のなかでは、またたくひまに苗木は果樹に生長し、小鳥が時として輓馬《ばんば》のような巨《おお》きさになる。こんな風に悦子の夢心地は、嗤《わら》うべき希望をも、たちまち実現を目の前に控えた希望の姿に太らせてしまった。

『もしかしたら三郎が愛していたのは私かも知れない。勇気を出さなければいけない。当ってみなければならない。予測が裏切られることを怖れてはいけない。もし裏切られなければ、私は幸福になる。簡単なことだ』

悦子はこう考えた。しかし裏切られることを怖れない希望は、希望というよりは、絶望の一種である。

「そう。……それではあなたは一体誰を愛していたの？」

と悦子がたずねた。

この聡明な女は誤解を犯していたのかもしれないと思われることは、目前の場合、二人を結ぶべきものは言葉ではなくって、むしろ彼女が三郎の肩にやさしく手をかけてやれば、それで万事の緒《いとぐち》がついたかもしれないのである。この二つの異質の魂は、手をふれ合うことで解け合ったかもしれないのである。

しかし言葉が二人の間に頑固《がんこ》な亡霊のように立ちふさがっているおかげで、三郎は悦子の頬《ほお》の上に、ありありと潮《しお》さしてくる血のいろを理解しない。彼はただ数学の難問をつきつけられた小学生のように、この質問にたじろいでいるだけである。

『愛する……愛さない……』

又しても！　又してもだ。

この一見便利そうな合言葉は、彼には依然として、彼が行きあたりばったりに送って来た気楽な生活に余計な意味をつけ、また彼が今後送るべき生活に余計な枠《わく》をはめこむ、何かしら剰余の概念としか思えなかった。この言葉が日用必需品として存在し、時と場合によってはこの言葉に生死も賭《か》けられる、そういう生活の営まれる一室を彼は持たない。持たないばかりか、想像することさえ容易でない。ましてやそんな一室の持主の、その部屋を亡《ほろ》ぼすために家全体に火を放つような愚行のたぐいは、彼には笑止のいたりだったのである。

若者が少女のそばにいた。その当然の成行として、三郎は美代に接吻《せっぷん》した。交接した。そして美代の腹には子供が芽生えたのである。また何かしらん当然の成行によって、三郎は美代に飽《あ》きた。――そう子供らしい戯《たわむ》れはさかんになったが、少くともそんな戯れは、相手が美代でなくても誰でもよかった。いや、飽きたといっては妥当を欠くかもしれない。美代が三郎にとって必ずしも美代であることを要しなくなったまでである。

三郎は人間がいつでも誰かを愛さないなら必ず他の誰かを愛しており、誰かを愛しているなら必ず他の誰かを愛していないという論理に則《のっと》って行動したことがたえてなかった。

こういうわけで再び彼は返答に窮した。

ここまでこの純朴な少年を追いつめたのは誰だったろう。ここまで追いつめて来て彼に等閑《なおざり》な解答を言わせたのは誰の罪だったろう。

三郎は感情よりも世故の教える判断に頼ろうと考えた。これは子供のころから他人の飯を喰《く》って育った少年には、ありがちな解決である。

そう思って見れば、悦子の目が、自分の名を言ってくれと物語っていることは、彼にだってすぐに読めた。

『奥さんの目はずいぶん真剣に潤んでいるな。わかった。この当て事の答には、奥様の名前を言ってもらいたいんだろう。きっとそうなんだろう』

三郎はかたわらの黒く干からびた葡萄《ぶどう》の実をとって、掌のなかでころがしながら、うつむいたまま、あけすけにこう言った。

「奥様、あなたであります」

あまりにもありありと嘘《うそ》を告げているこの調子、愛していないと言うよりはもっと露骨に愛していないことを告げしらせているこの調子、こうした無邪気な嘘を直感するためには、必ずしも冷静な頭脳が必要とされないわけで、一方《ひとかた》ならず夢心地に浸っていた悦子も、この一言で気を取り直して立上った。

万事は終ったのである。

彼女は両手を夜気に冷えた髪にあてて乱れを直した。落着いた、むしろ雄々しい口調で言った。

「さあ、もうそろそろ帰りましょう。あしたは早く発《た》たなければならないので、あたくしも少し寝ておかないとね」

三郎は左肩を心もち下げて、不服そうに立上った。

衿元《えりもと》に冷気を感じた悦子は、虹《にじ》いろの襟巻《えりまき》をそばだてた。彼女の唇《くちびる》が、枯れた葡萄の葉のかげで、すこし黒ずんだ光沢《こうたく》を放つのを三郎は見た。

今まで気むずかしい七面倒くさい応対に疲れているあいだ、三郎がときどき上目づかいに眺《なが》めていた悦子は、女ではなくて、何か精神的な怪物であった。何かしらんそれは得体のしれない精神の肉塊であって、悩んだり苦しんだり血を流したり、そうかと思えば喜悦の叫びをあげたりする、あらわな神経組織の塊《かたまり》であった。

ところが立上って襟巻をそばだてた悦子に、はじめて三郎は女を感じた。悦子が温室を出てゆこうとする。彼は腕を横たえて、これを遮《さまた》げた。

悦子は体を捩《ねじ》って、三郎の瞳《ひとみ》を刺すように覗《のぞ》いた。

藻《も》の生い茂る暗い水のなかで、ボートの櫂《かい》が、ほかのボートの船底にぶつかるように、このとき、何枚かの衣類を隔てながら、彼の固い腕の筋肉と、悦子の胸もとの柔軟な肉とが、明瞭《めいりょう》にぶつかり合うのが感じられたのである。

三郎はもう彼女から見詰められてもたじろがない。揺《ゆら》ぐように口をあけると、声こそ立てないが、安心させるような快活な笑い方をした。そして二度三度、自分でも気がつかない敏速な目《ま》ばたきをした。

このあいだ悦子が一言もものを言わなかったのは、ようやく言葉の無力を覚ったためであろうか？　一度断崖《だんがい》の底をのぞいた人がこれに魅入られて他事《よそごと》を考えるすべもなくなるように、やっとのことで確実に手に入れた絶望を、手離すまいとしたためであろうか？

紆余《うよ》も曲折もおかまいなしの若い快活な肉体に押しまくられて、悦子の素肌《すはだ》は汗ばんだ。草履《ぞうり》の片方が脱げて、裏返しに落ちた。

何故《なぜ》こうまで抵抗しているのか自分でもわからずに、悦子は抗《はむか》った。抵抗することでむしろ何かに凭《よ》りかかってでもいるように。

三郎の両腕は女を羽交《はが》い締めにして離さない。悦子がしきりと顔を避けるので、唇と唇はなかなか相見《あいまみ》えない。焦躁《しょうそう》が足もとをあやうくして、椅子につまずきざま、三郎は片膝《かたひざ》を藁《わら》の上に突いた。悦子はその隙《すき》に彼の腕をのがれて、温室を駈《か》けて出た。

何故悦子は叫んだのであろう。何故悦子は助けを呼んだのであろう。彼女が呼んだのは誰《だれ》の名であったろう。三郎のほかに、あんなにまで彼女が呼びたいとねがった名がどこにあったろう。三郎以外に悦子の救い手がどこにあったろう。それにもかかわらず、何故彼女は助けを呼んだのであろう。助けを呼んだとて何になろう。どこに在って、どこに向って、……どこから救い出されて、どこへ運ばれる目当が悦子にあったろう？

温室のかたわらに生い茂った芒《すすき》のなかに、三郎は悦子を追いつめて押し倒した。女の体は芒の草むらへ深々《ふかぶか》と落ちた。芒の葉に切られた二人の手には、汗と共に血がにじんだ。二人ともそれに気がつかない。

紅潮し、汗ばんで輝やいている三郎の顔を目近《まぢか》に見ながら、衝動によって美しくされ、熱望によって眩《まば》ゆくされた若者の表情ほどに、美しいものがこの世にあろうかと悦子は考えた。そういう思念とうらはらに、彼女の体はまだ抗っている。

三郎は両腕と胸の力で女の体を押えつけると、まるで戯れてしてでもいるように、黒綸子《りんず》のコートの釦《ボタン》を歯で喰《く》いちぎった。悦子は半ば意識がない。自分の胸の上をころげまわる大きな重い活動的な頭を、溢《あふ》れるような愛《いと》しさで感じた。

それにもかかわらず、この瞬間に、彼女は叫んだのである。

このけたたましい叫びに愕《おどろ》くより前《さき》に、これによって我に返った三郎の敏捷《びんしょう》な体は、すぐさま逃走を考えた。何ら論理的な、また感情的な繋《つな》がりなしに、強《し》いて言えば、生命の危険を直感した動物のように、彼は逃走を考えた。そして身を離して立上ると、杉本家とは反対の方角へ駈け出した。

悦子におどろくべき強靱《きょうじん》な力がこのとき生れて、彼女は今しがた置かれていた半ば喪心の状態から、鋭く立上って、三郎に追いすがった。

「待って！　待って！」

と彼女は叫んだ。

叫べば叫ぶほど三郎は逃げようとする。自分の胴にからみつく女の手を、彼は駈けながら引き離した。悦子は全身で、彼の腿《もも》を抱き緊《し》めて引き摺《ず》られた。茨《いばら》のなかを、彼女の体は一間ほどの距離を引摺られた。

一方、ふと目をさまして傍《かたわ》らの寝床に悦子がいないのに気づいた弥吉は、予感に苛《さいな》まれて三郎の寝部屋を訪れ、そこにも空《から》になった寝床を見出《みい》だした。窓下の土に靴跡《くつあと》がある。

彼は厨《くりや》へ下りて、月光のさし入るままに開け放たれた裏木戸を見た。ここから出てゆけば梨林《なしばやし》か、さもなければ、葡萄畑へ行くほかはない。梨林の地面は弥吉が毎日手を入れている柔軟な土に覆《おお》われている。弥吉は葡萄畑へ通ずる径《みち》を下りた。

行きかけて、立ち戻《もど》って、納屋《なや》の入口に立てかけられている鍬《くわ》を手に持った。深い動機から持ったのではない。護身用のつもりだったのかもわからない。

竹藪《たけやぶ》の外れまで来たときに、弥吉は悦子の悲鳴を聞いた。彼は鍬を担《かつ》いで駆けた。

三郎は逃げあぐねているうちに、振向いて、こちらへ駆けて来る弥吉を見た。彼の足はすくんだ。立止って、はげしく喘《あえ》ぎながら、弥吉が自分の前まで来るのを待った。

悦子は逃げようとする三郎の力が突然止《や》んだのを感じて、不審そうに立上った。まだ全身の痛みが感じられない。彼女はかたわらに人かげを感じた。見ると弥吉が寝間着のまま、鍬を土に下ろして立っている。はだけた寝間着の胸が甚しく喘いでいる。

悦子は弥吉の目の中を怖れげもなく見返した。

老人の体は慄《ふる》えていた。彼は悦子の視線に耐え切れずに目を伏せた。

この弱々しい逡巡《しゅんじゅん》は悦子を激怒させた。老人の手から鍬を奪いとると、彼女のかたわらに、何も待たず、何も理解せずに呆然《ぼうぜん》と立っている三郎の肩へふりあげた。鍬のよく洗われた白い鋼《はがね》は、肩を外れて三郎の頸筋《くびすじ》を裂いた。

若者は何かちいさな抑圧された叫びを咽喉《のど》のあたりであげた。彼が前へよろめいたので、次の一打が、彼の頭蓋《ずがい》を斜めに割った。三郎は頭を抱えて倒れた。

弥吉と悦子は、まだほの暗くうごめいている体を見詰めたまま凝立している。しかも二人の目は何物をも見ない。

その実数十秒にすぎなかろうに、果てしもなく永く思われた沈黙《しじま》のあとに、弥吉がこう言った。

「何故《なぜ》殺した」

「あなたが殺さなかったから」

「儂《わし》は殺そうとは思わなかった」

悦子は狂おしい目で弥吉を見返した。

「嘘《うそ》です。あなたは殺そうとなすったんです。わたくしは今それを待ったのです。あなたが三郎を殺して下さるほかに、わたくしの救われる道はなかったんです。それだのに、あなたは躊躇《ちゅうちょ》なすった。慄えていらした。意気地もなく慄えていらした。あの場合、あなたに代って、わたくしが殺すほかはなかったんです」

「お前はまあ、儂に罪を着せようとする」

「誰があなたに！　あたくし、明日の朝早く警察へまいります。一人でまいりますわ」

「早まることはない。考えられる処置はいくらもある。それにしても、何だって、此奴《こいつ》を殺さなくてはならなかったんだ」

「あたくしを苦しめたからですわ」

「しかしこいつに罪はない」

「罪がない！　そんなことはございません。こうなったのは、あたくしを苦しめた当然の報いですの。誰もあたくしを苦しめてはいけませんの。誰もあたくしを苦しめることなぞできませんの」

「できないと誰が決められる」

「私が決めます。私は一旦《いったん》決めたことを、決して枉《ま》げはいたしません」

「お前は本当におそろしい女だ」

弥吉は今はじめて下手人は自分ではなかったことに気づいたように安堵《あんど》の吐息を洩《も》らした。

「いいかね。決して早まることはない。処置はゆっくり考えよう。それまで此奴を見つけられてはまずいのだ」

彼は悦子の手から鍬をとった。鍬の柄《え》は飛び散った血潮に濡《ぬ》れている。

それから弥吉の従事した作業は奇妙なものである。陸稲の収穫がすんだ土の柔らかい一劃《いっかく》がある。深夜に耕す人のように、彼はここに勤勉に穴を掘った。

浅い墓穴が掘られる可成《かな》りの時間を、悦子は地面に坐って、うつぶせに倒れている三郎の骸《むくろ》を見詰めている。スウェーターがすこしめくれていて、背中の素肌が、スウェーターと一緒にめくれたカーキいろのシャツの下に露《あら》われ出ている。その肉のいろが蒼《あお》ざめた土いろに燻《くす》んでいる。片頰を草に埋めた横顔は、苦痛のために歪《ゆが》んだ口から鋭い白さの歯並が覗《のぞ》かれ、あたかも笑っているようにみえる。脳漿《のうしょう》の流れ出た額《ひたい》の下に、瞼《まぶた》がめり込むように強く閉《きつ》ざしている。

弥吉が掘り了《おわ》って、悦子のそばへ来て、軽く肩を叩《たた》いた。

上半身は血に塗《まみ》れて触《さわ》りにくい。弥吉が屍《しかばね》の両足を持ち上げて草の上を引摺った。夜目にも草地の上に黒い点滴が跡を引いた。仰向いた三郎の頭部は、地面の凸凹《でこぼこ》や石にぶつかるたびに、何度か頷《うなず》くようにみえた。

浅い墓穴の底に横たえられた屍の上に、二人は匆々《そうそう》に土を掛けた。最後に半ば口をあいている目をつぶった笑顔が残される。前歯が月光にかがやいて甚だ白い。悦子は鍬を捨てて、掌にのせた柔土を口の中へ落した。土は暗い穴のような口腔《こうこう》の中へ零《こぼ》れ落ちた。弥吉が傍らから夥《おびただ》しい土を鍬で搔《か》き寄せて死顔を覆った。

土が部厚に覆われると、悦子はその上を足袋跣足《たびはだし》で踏み固めた。土の柔らかさが、素肌を踏むように親しく感じられる。

弥吉はこのあいだ、地上を丹念に調べて歩いて、血痕《けっこん》を踏み消した。土をかぶせる。そのあとから入念に踏み躙《にじ》って、消した。……

厨《くりや》で二人は血と土に汚れた手を洗った。悦子は血しぶきを夥しく浴びたコートを脱ぎ、足袋を脱いだ。草履は探し出して穿《は》いて来ている。

弥吉の手は慄えて水を掬《すく》うこともできない。すこしも慄えていない悦子が水を掬った。流し場に流れた血を入念に洗った。

悦子は丸めたコートと足袋を持って先に立った。三郎に引摺られたときの擦り傷の痛みが少し感じられた。とはいえまだ本当の痛みではない。

マギが吠《ほ》えている。その声も須臾《しゅゆ》にして止んだ。

……床に就いた悦子を、突然恩寵《おんちょう》のように襲った眠りを何に譬《たと》えよう。弥吉は愕《おどろ》き呆《あき》れて傍らの悦子の寝息を聴いた。永い疲労、果てしもしれない疲労、今しがた悦子が犯した罪に比べても遥《はる》かに底知れぬ甚大な疲労、……むしろ何事か有効な行為のために積み立てた無数の労苦の記憶から成立つ満ち足りた疲労、……そういう疲労の代償としてでなしに、どうして人はこのような無垢《むく》な眠りをわがものにすることができよう。

……ともするとはじめて悦子に許されたこの短かい安らぎのあとに、彼女は目をさました。彼女のまわりには深い闇《やみ》がある。柱時計が陰鬱《いんうつ》な重たい一秒一秒を刻んでいる。かたわらには弥吉が寝もやらず慄えている。悦子は声をあげようともしない。彼女の声は誰にも届きはしない。強《し》いてみひらいた目を闇のなかへ向けた。何も見えない。

きこえるのは遠い雞《にわとり》の鳴音《なきね》である。まだ夜明けには程とおいこの時刻を、雞が鳴き交わしている。遠くの、いずこともしれぬ一羽が鳴く。これに応ずるように、また一羽が鳴く。また一羽が鳴く。また別の一羽が鳴く。深夜の雞鳴《けいめい》は、相応じて、限りを知らない。それはまだつづいている。際限なくつづいている。……

……しかし、何事もない。

解説

吉田健一

これは三島由紀夫氏の作品の中でも、最も纏《まとま》ったものの一つである。氏には、『仮面の告白』、或《ある》いは、昭和二十八年に完結した『禁色《きんじき》』などの、もっと広く問題にされた作品があり、それぞれ事実、問題を持った作品であるが、『愛の渇《かわ》き』には、今までのところは他のものに見られない完成と充実がある。それ故《ゆえ》に却《かえ》って、比較的に取上げられない結果になったのだろうか。

この作品は、我々に小説というものそのものについて考えさせる気品を備えている。十九世紀に至って、小説は我々の思想が取り得る最高の表現形式と見做《みな》されるようになった。これは一つには、バルザック、トルストイなどという巨匠が次々に現われて文学の王座を占め、芸術というものに対して当時取られていた実証主義的な態度が、彼らの作品について何よりも先にその思想が何であるかを問題にさせたためであると言える。しかし今日の我々にとっては、そのバルザックの、或いはトルストイの思想と称されているものが、彼らに筆を取らせて幾つかの傑作を書かせたのだとは思えない。或いは少なくとも、彼らの作品を傑作にしているものが、普通に彼らの思想と呼ばれているものだと考えることはできない。小説の発生と、その発達の経緯を見るならば、バルザックやトルストイのみならず、現代の作家にしても、彼らに作品を書かせるのは何々主義と名付けられる主張や思想よりも、もっとしっかりと彼らの生活に根ざしたものでなければならないことは明らかなはずである。そしてそれは、余裕と呼んでもいいものでさえあって、その意味では、かつての日本の文人が筆のすさびという言葉を用いた時の心情に酷似してくる。

三島氏はこの作品でも、別にこれと言った仕事を持たない有閑階級を扱っている。これは、氏にとって手馴《てな》れた材料であるということだけでなくて、そういう人々の生活に、氏が小説というものの秘密そのものを読み取っているという感じがする。前に余裕という言葉を使ったが、余裕ということの反対が何であるかをここで考えてみることは無駄《むだ》ではない。生きているのがせいぜいであれば、人間は生きていることについて考える余裕はない。したがって、人間が生きものであるということに興味を持つこともなければ、ましてそれを言葉で描写しようという気も起さない。小説は、それを書くことも読むことも含めて、すべて文化の名に値するものと同様に、余裕の産物なのである。三島氏はその小説の世界に、まずこの余裕を設定している。そしてそれこそ人間の心の動きに対する無際限な好奇心も、その動きを或《あ》る最も溌剌《はつらつ》とした瞬間に捉《とら》えようとする若々しい野心も、それが成功するために必要などんな手管も許容するだけの余裕を持った世界なのである。

三島氏はこの作品で、その余裕の世界を何に用いているかと言えば、そこで氏は一人の女が幸福を求めて、その実感を自分の心で確かめるためには如何《いか》なる苦痛も避けずに、遂《つい》にこの探究を完成する過程を描いている。そしてそのためにこの女は腸チフスで死ぬ夫を、ほとんど一種の歓喜に似た熱意で看病し、夫の死後は舅《しゅうと》の情人になり、その家に雇われている少年を愛して、鍬《くわ》で打殺す。それ故に彼女の幸福は逆説的な性質のものであるとも言える。しかし一人の人間が味わう幸福が逆説的なものであるかないかは、その人間が負わされている条件によって決定されることなので、それよりも肝要なことは、その人間が幸福というものの実感を持つことなのである。三島氏は幸福の欲求というような、人間にとって本質的な問題を支配するこの間の事情を理解している。そして夫に付き添って避病院に入って行く時も、舅と碁盤を囲みながら、その上の黒い線の交叉《こうさ》に見入っていても、或いは自分に襲いかかった少年の腕から逃《のが》れようとして踠《もが》いている瞬間でも、悦子《えつこ》の幸福は一切の逆説を押し除《の》けて美しく感じられる。

確かにそのための道具立ては相当に手が込んでいる。悦子の舅は、元は会社の社長だったのが引退して、今はその全盛時代に買った土地に、小作人の家に育った自分としての満足と、農地改革でその一部を取上げられた精神的な打撃を嚙《か》み締めている六十を越した老人でなければならない。その長男は無職で無能のインテリで、「この世の最大の愚行は結婚である」という共通の信念の下に結婚したという似合いの妻とともに父の家に寄食し、この二人がギリシャ悲劇の合唱団と同様に、話の進行を説明する役を勤める。悦子の亡夫は次男で、未帰還の三男の妻が子供を連れてやはりこの家に来ている。そして一家の中で子供があるのはこの女だけで、従ってこの作品に登場する子役はその二人の子供に限られている。この他に悦子が愛する三郎という雇いの少年に、その恋人で、悦子の嫉妬《しっと》心を燃えたたせる美代という女中、それが、この大阪の郊外にある農園に隔離されたのも同様の生活を送っている人々のすべてである。

限られた数のものが都会を離れて、一定の場所に都会とも田舎《いなか》ともつかない暮し方をしているというのが、作者がこの悦子という人物について試みた実験の場所なので、これはその形式から言えば、大岡昇平氏の『武蔵野《むさしの》夫人』の構想に似ていないこともない。しかし大岡氏の作品は必ずしも都会との関係を断たれていなくて、その主題をなすものは幾組かの男女の恋愛と、金銭上の打算であり、それだけにその規模は、現代の社会の断面と考えられるものを大体取入れていると見て差支《さしつか》えない。帰還兵の学生も出て来れば、新興会社の経営者も登場する。これと比べると三島氏の作品は、そういう野心的な性格は持っていないようでもあるが、作品の意図にかけては、もっと野心的であるとさえ言えるのである。

氏がこの作品で試みているのは、一つの持続を廻《めぐ》っての実験である。悦子は幸福を求めている。そしてそれは、彼女が退屈しているということと同じなのである。これを描くというのは容易なことではないので、この場合に、雨が降っているから雨が降っていると書くというのでは何の役にも立たない(チェーホフがそのことを誰《だれ》よりもよく知っていた)。一人の人間が退屈するのは、必ず或る抵抗を前にしてであって、それがなければ、その人間は単に無気力になっているに過ぎないのであり、無気力を描いた文章がそれ以上のことを表現するものではない。たとえば、一人の人間が、自分が生きているという気持の充実を味わうならば、無限の繰返しでしかない生命の持続は、その当然の埋め合せに次にはその人間が、そういう充実した感じを失ったのに堪《た》えることを要求する。或いは又、自分が生きていると感じる望みが外部から遮《さえぎ》られれば、その結果も望みを遮られたものの忍耐となって現われなければならない。この忍耐が退屈の正体であって、堪えることに費やされる力が烈《はげ》しければ烈しい程、その表現は退屈を生々したものとして我々に感じさせる。

悦子を廻る米殿村《まいでんむら》の杉本家の生活は、その幸福に対する欲求を絶えず堰《せ》き止めて、自分が生きているという意識を一層に烈しく掻《か》き立てるための装置である。何かの抵抗がなければ芸術作品は生れないと言ったのはヴァレリーであるが、抵抗がなければ、人間は自分が生きているという実感を持つこともできないのである。それは生きるということそれ自体が、絶えず何かの抵抗を求めることであることも意味している。この作品の作者はその点で、一人の女が生きて行く上で完璧《かんぺき》な条件を実現したことになる。しかしそれを完璧にしているのは悦子自身の性格の強さなので、それだけ彼女は特異な存在なのであるが、この人物とその環境の取合せから起る生命の実感があまりに新鮮なので、個人的な特色などというものを我々は忘れてしまうのである。

（昭和二十七年三月、文芸評論家）

解説

石井遊佳

私の文学的彷徨《へめぐり》は三島由紀夫から出発した。

幼いころから私は読書好きの子供だったが、小学校から中学に上がった時点で、児童書から「大人の読書」への移行にやや手間取った。中学生になると何を読んでいいか分からなくなり、高校生になったとき新潮文庫の三島作品をかたっぱしから読もうと思い立つ。つまりこのオレンジ色の背表紙の連続《シリーズ》が私の読書史の原点だ。私の書架にそのオレンジの面積の増えることとは、とりもなおさず絢爛《けんらん》豪華な三島文学の語彙《ごい》と表現力に圧倒されることだった。その体験は、常識的語彙の運用では思いも及ばぬ日本語のしなやかな姿態を見知り、日常的な感情世界では想像しがたい感情の分野を学ぶことだった。

明日から監獄に行くとして、五冊まで好きな本を持って行っていい。そう言われていつも連れて行く一冊が『愛の渇き』だった。旧版で二百四十ページ、この作家としてはコンパクトなこの作品はじつは三島文学の中でも屈指の名文ひしめく優品なのである。

私のデビュー作が生まれた南インド・チェンナイは、日本語教育についてほぼ無知のまま日本語教師として赴任した私にとって監獄めいていた。アダイヤール川にほど近い、小さなIT会社のオフィスのデスク上にこの一冊は置かれて私を待った。休憩時間のたび息も絶え絶えに戻ってきてはミルクティーの湯気の中でページを繰る、無能な日本語教師の渇ききった眼と心を癒《いや》しつづけた。毎日くり返される九十分区切りの現実がどんなに無様で過酷でも、手を伸ばしてページを開きさえすればそこに永遠の美の世界があることを、この作品は確かに思い出させてくれた。

作者自身の解題や創作ノートによると、「愛の渇き」は戯曲的要素を盛り込み「田園にとじこめられた都会人の一群」を描く、短編の田園小説として構想された。

物語のヒロイン・悦子《えつこ》は前年秋夫を亡《な》くした後に舅《しゅうと》・弥《や》吉《きち》の招きで大阪郊外の農園付き別荘に来、舅の求めるまま肉体関係を持つ。彼女は若い園丁の三郎を愛しており、間もなく彼が女中の美代と通じていることを知り嫉妬《しっと》に苦しむ。最終的に、三郎の子供を身ごもった美代に暇を出すという形で二人の仲を裂いた悦子は、弥吉と上京する前夜呼び出した三郎に自らの心情を婉曲《えんきょく》に告白するが、分かり合えぬまま三郎を鍬《くわ》で打ち殺すというカタストロフィで物語は幕を閉じる。

三島によれば短編小説とはジャンルの一種であり、戯曲と近親関係にあるべきものだ。いかなる形式の束縛からも免れている「自由な」小説と異なり、形式による理性的支配のもと論理的統一的に仕組まれた戯曲は彼の羨望《せんぼう》の対象である。「化物のような」自身の感受性に恐怖と嫌悪《けんお》を持っていた三島にとって、必然的手続きを踏むことで得られる規範的世界は有効で切実な克己の手段であったに違いない。彼にとって小説は可能な限り音楽や戯曲や建築、刑事訴訟法の条文に似るべきなのだ。

「愛の渇き」の登場人物はフランス古典主義演劇の役柄に倣《なら》い、弥吉は王、悦子は王妃、三郎と美代は王子と王女、弥吉の長男謙輔《けんすけ》とその妻は腹心（打ち明け話の聴き役）として配置されているという。だが古典的形式を借りたとはいえ相当の逸脱と皮肉の利《き》いた道具立てだ。王は立志伝中の人物だがとうに現役を引退、謙輔夫婦の解説によれば農地改革で意気阻喪《そそう》した老爺《ろうや》であるし、王妃は王子役の三郎に絶賛懸想《けそう》中だ。三郎が体全体で自然に歌いかける太陽神的明朗さに充溢《じゅういつ》し、「精神」を必要としない「肉体」のみの存在であるのに比べると、悦子はつねに精神の泥濘《ぬかるみ》をさまよう精神の化物のような存在といえる。ギリシャ神話の女神を原型としつつ、当時三島が心酔していたモーリヤックのヒロインの面影を宿し、だが救済など欲せず最後には「自分が自分以外のものになりたくなかったから」一方的に三郎を殺すという複雑な人物造形がなされている。「愛」の何たるかを知らぬ三郎から「愛」の得られよう筈《はず》がない、生まれたその日から不可能の愛だ。そして腹心役の謙輔夫婦はといえば、高尚を気取った機敏な野次馬として毎度外連味《けれんみ》たっぷりに登場する、およそ打ち明け話などする気になれない人々だ。登場人物中最も戯曲的誇張をもって描かれる彼らは、この作品に欠くべからざる道化役にして解説者の役割を果たしている。

そもそも本作が農園を舞台とするに到《いた》った要因は、かねてよりフランスの田園小説が三島の興味の埒内《らちない》にあったことに加え、叔母の婚家が大阪近郊の有名な農園であり、一九四九年夏、叔母の上京の折に話を聞く機会を得たことらしい。同年秋、三島は早速その農園を訪れ、作中の火祭も含め取材を行ったという。

この農園のおりふしのダイアリーの描写、そしてきらきらしい田園風景の所々に点綴《てんてい》される心模様と人物描写、私にとってそれら手練《てだれ》の描写がこの作品の与えてくれる愉悦の最たるものだ。一家が夜なべで行う枇杷《びわ》の袋づくり、まもなく始まる炭焼きに備え元の小作人が薪《まき》を切る斧《おの》の音、国務大臣来訪の贋《にせ》電報のため納屋《なや》で絞められる鶏の断末魔の叫び、数万人の僧侶《そうりょ》の声を聴くような豪雨の響、霧にゆらめく焚火《たきび》を央《なか》に、竹箒《たけぼうき》で芥《ごみ》を掃きつつ幾重にも描かれる不安な輪。三島というと観念的理知的作家というイメージが先行するが、観念に血肉を与える日常的ディテールの具体的描写に卓越した作家である点を私は強調したい。それは間違いなく綿密な取材、比類ない感受性と人間観察力に裏付けられたものだ。

犬の遠吠《とおぼ》えに眠りを破られた夜、悦子の胸に蘇《よみがえ》るひとつの情景がある。半年前その農園に来たばかりのころ、小川のほとりで袂に草を摘みいれて歩く彼女が野辺に寝っ転がり読書をしている三郎を見つける。悦子に気づき身を起こしかかる三郎の頭上に、偶然彼女の袂《たもと》から今摘んだばかりの嫁菜や土筆《つくし》が夥《おびただ》しく落ち、それを悦子の冗談と勘違いした彼が大仰に身をよけ、

「このとき三郎の顔に泛《うか》んだ一瞬の表情の変化が、悦子には鮮やかに解かれる単純な方程式のような涼しい明晰《めいせき》さのよろこびを与えた」

その魅力の秘密が知りたくて、何度読み返したか分からない一文だ。三郎が、このような咄嗟《とっさ》の場合にも素直に反応する無邪気な心の持ち主である一方、夫の不義、避病院での命懸けの看病そして夫の死という壮絶な体験を持ち、三郎よりかなり年長の悦子が、戦国武将の末裔《まつえい》の誇りを失わぬ彼女がこの、山出しの貧しい少年に心を奪われるというほとんど信じ難い事態に陥る経緯が、醒《さ》めぎわの淡い夢のような右の一文

で直下《じきげ》に了解される。

先に、本作を発想する契機となった三島の叔母の話について書いたが、その中で彼女が「数年前使っていた若い無邪気な園丁の話」をしたと彼は述べる。「もちろん叔母と園丁との間には何の関わりもない。しかしこの園丁の話から、突然、私に一つの物語の筋がうかんだ。物語はそのとき、ほとんど首尾一貫して脳裡《のうり》にうかんだのである」（『決定版　三島由紀夫全集』第2巻）

もともと三島の念頭にはモーリヤックの女性の面影が漂揺している、そこへこの園丁のイメージが射《さ》し入って融《と》け合い、瞬《また》く間に物語が展開していった。作者の興奮が伝わってくる。この園丁の話を聞かなければこの作品は生れなかった。創作という宇宙には、このような爆発と融合が必要なのだ。

多くの三島作品に共通する要素として古代的なものへの憧憬《しょうけい》が挙げられるが、いま人物造形にもほの見えたそれは、本作において他に火のモチーフとして揺曳《ようえい》する。クライマックスの秋祭の場面、悦子は半裸の若者たちが火の周囲を疾駆する祭の中心へ入り込む。狂おしい揉《も》み合いの中で彼女は三郎の浅黒く逞《たくま》しい裸の背中に辿《たど》りつく。興奮の極にいる三郎は背後の悦子に全く気づかない。彼女は燃え滾《たぎ》る肉に激しく爪《つめ》を立て、噴き出た血で爪を濡《ぬ》らす、その背中から火を盗むように。三郎の背中は「火明りと影との乱舞に委《ゆだ》ねられて、目まぐるしく動いているように見え、その肩胛骨《けんこうこつ》のあたりの肉の揺動は、羽搏《はばた》いている翼の筋肉のように眺められる」。彼女の爪で炎上した翼は、そのままパルナッソス山やサラミスの島々を吹きめぐる風に火の粉を散らし羽搏く姿を夢想させる。三郎の火で爪に灯《ひとも》した瞬間、光と熱を媒介として彼女は至高のもの、素手では触れえぬほどにあまりに純粋無垢《むく》なものと野合しようとした。不可能の愛は、このような魂の始原状態における抽象的融合としてのみ想像され、彼女によって盗まれた火は、彼女の心の闇《やみ》を薪として継がれ最終的破壊行為に点火したのだ。

「愛の渇き」の魅力の源泉は、以上に述べたような三島文学の種々の特質が、絶妙の均衡を保ちつつ極めて注意深く配置されている点にあると思う。(作者にすれば短編の)程よい長さであり、徹底して論理的に文章を構成する知的構築物としての面と、繊細きわまりない詩的感性の世界とが一体となり類《たぐ》いまれな洗練と整斉感を生んでいる。そこでは田園の風光の内にドラマが終始するため、物事の継起と登場人物の戯画的言動や感情の機微、古代的世界への憧憬など様々な構成要素の、すべての合間を田舎の風と雨と夥しい光が埋め尽くした結果、その穣《ゆたか》で清麗な筆致のもとで各々《おのおの》が共鳴りを発して澄明《ちょうめい》な音楽のような文体が実現している。そこに透徹した方法論的意志が存在してこそ、抒情《じょじょう》が抒情たりえるのだ。

私が作家となり、あらためて三島作品に接する今、幾度となく読み返した作品も全く新しいページを繰るように感じる。創作の現場に身を置く者として、以前と異なる視点の獲得を実感する一方で、以前と変わることなく三島の中に見出《みいだ》すものもまた明確に意識させられる。例えばそれは「潮騒《しおさい》」や「近代能楽集」等における、古い源泉より汲《く》み取った何ものかを創意工夫を凝らし新しい器に移し替える試みであったり、あるいは「豊饒《ほうじょう》の海」における、〈輪廻転生《りんねてんしょう》〉という壮大な物語装置の説明原理としての仏教理論の導入であったりするのだが、彼が様々な形で、つねに何かに全身全霊をこめて挑んでいた稀有《けう》の作家だという一点なのである。

（令和二年八月、作家）

この作品は昭和二十五年六月新潮社より刊行された。

三島由紀夫著

仮面の告白

女を愛することのできない青年が、幼年時代からの自己の宿命を凝視しつつ述べる告白体小説。三島文学の出発点をなす代表的名作。

三島由紀夫著

花ざかりの森・憂国

十六歳の時の処女作「花ざかりの森」以来、巧みな手法と完成されたスタイルを駆使して、確固たる世界を築いてきた著者の自選短編集。

三島由紀夫著

手長姫　英霊の声
―1938-1966―

一九三八年の初の小説から一九六六年の「英霊の声」まで、多彩な短篇が映しだす時代の翳、日本人の顔。新潮文庫初収録の九篇。

三島由紀夫著

禁色

女を愛することの出来ない同性愛者の美青年を操ることによって、かつて自分を拒んだ女達に復讐を試みる老作家の悲惨な最期。

三島由紀夫著

潮（しおさい）騒
新潮社文学賞受賞

明るい太陽と磯の香りに満ちた小島を舞台に海神の恩寵あつい若くたくましい漁夫と、美しい乙女が奏でる清純で官能的な恋の牧歌。

三島由紀夫著

金閣寺
読売文学賞受賞

どもりの悩み、身も心も奪われた金閣の美しさ――昭和25年の金閣寺焼失に材をとり、放火犯である若い学僧の破滅に至る過程を抉る。

三島由紀夫著

宴《うたげ》のあと

政治と恋愛の葛藤を描いてプライバシー裁判でかずかずの論議を呼びながら、その芸術的価値を海外でのみ正しく評価されていた長編。

三島由紀夫著

真夏の死

伊豆の海岸で、一瞬に義妹と二児を失った母親の内に萌した感情をめぐって、宿命の苛酷さを描き出した表題作など自選による11編。

三島由紀夫著

春の雪
（豊饒の海・第一巻）

大正の貴族社会を舞台に、侯爵家の若き嫡子と美貌の伯爵家令嬢のついに結ばれることのない悲劇的な恋を、優雅絢爛たる筆に描く。

三島由紀夫著

奔馬
（豊饒の海・第二巻）

昭和の神風連を志した飯沼勲の蹶起計画は密告によって空しく潰える。彼が目指したものは幻に過ぎなかったのか？　英雄的行動小説。

三島由紀夫著

暁の寺
（豊饒の海・第三巻）

〈悲恋〉と〈自刃〉に立ち会った本多繁邦は、タイで日本人の生れ変りだと訴える幼い姫に出会う。壮麗な猥雑の世界に生の源泉を探る。

三島由紀夫著

天人五衰
（豊饒の海・第四巻）

老残の本多繁邦が出会った少年安永透。彼の脇腹には三つの黒子がはっきりと象嵌されていた。〈輪廻転生〉の本質を劇的に描いた遺作。

三島由紀夫著

午後の曳《えい》航《こう》

船乗り竜二の逞しい肉体と精神は登の憧れだった。だが母との愛が竜二を平凡な男に変えた。早熟な少年の眼で日常生活の醜悪を描く。

三島由紀夫著

盗賊

死ぬべき理由もないのに、自分たちの結婚式当夜に心中した一組の男女——精緻微妙な心理のアラベスクが描き出された最初の長編。

三島由紀夫著

鏡子の家

名門の令嬢である鏡子の家に集まってくる四人の青年たちが描く生の軌跡を、朝鮮戦争直後の頽廃した時代相のなかに浮彫りにする。

三島由紀夫著

美徳のよろめき

優雅なヒロイン倉越夫人にとって、姦通とは異邦の珍しい宝石のようなものだったが……。魂は無垢で、聖女のごとき人妻の背徳の世界。

三島由紀夫著

近代能楽集

早くから謡曲に親しんできた著者が、古典文学の永遠の主題を、能楽の自由な空間と時間の中に〝近代能〟として作品化した名編8品。

三島由紀夫著

サド侯爵夫人・わが友ヒットラー

獄に繋がれたサド侯爵をかばい続けた妻を突如離婚に駆りたてたものは？ 人間の謎を描く「サド侯爵夫人」。三島戯曲の代表作2編。

三島由紀夫著
美しい星
自分たちは他の天体から飛来した宇宙人であるという意識に目覚めた一家を中心に、核時代の人類滅亡の不安をみごとに捉えた異色作。

三島由紀夫著
青の時代
名家に生れ、合理主義に徹し、東大教授への野心を秘めて成長した青年の悲劇的な運命！光クラブ社長をモデルにえがく社会派長編。

三島由紀夫著
女神
さながら女神のように美しく仕立て上げた妻が、顔に醜い火傷を負った時……女性美を追う男の執念を描く表題作等、11編を収録する。

三島由紀夫著
永すぎた春
家柄の違いを乗り越えてようやく婚約にこぎつけた若い男女。一年以上に及ぶ永すぎた婚約期間中に起る二人の危機を洒脱な筆で描く。

三島由紀夫著
沈める滝
鉄や石ばかりを相手に成長した城所昇は、女にも即物的関心しかない。既成の愛を信じない人間に、人工の愛の創造を試みた長編小説。

三島由紀夫著
獣の戯れ
放心の微笑をたたえて妻と青年の情事を見つめる夫。死によって愛の共同体を作り上げるためにその夫を殺す青年――愛と死の相姦劇。

三島由紀夫著

絹と明察

家族主義的な経営によって零細な会社を一躍大紡績会社に成長させた男の夢と挫折を描く。近江絹糸の労働争議に題材を得た長編小説。

三島由紀夫著

音　楽

愛する男との性交渉にオルガスムス＝音楽をきくことのできぬ美貌の女性の過去を探る精神分析医——人間心理の奥底を突く長編小説。

三島由紀夫著

岬にての物語

夢想家の早熟な少年が岬の上で出会った若い男と女。夏の岬を舞台に、恋人たちが自ら選んだ恩寵としての死を描く表題作など13編。

三島由紀夫著

鍵のかかる部屋

財務省に勤務するエリート官吏と少女の密室の中での遊戯。敗戦後の混乱期における一青年の内面と行動を描く表題作など短編12編。

三島由紀夫著

ラディゲの死

〈三日のうちに、僕は神の兵隊に銃殺されるんだ〉という言葉を残して夭折したラディゲ。天才の晩年と死を描く表題作等13編を収録。

三島由紀夫著

小説家の休暇

芸術および芸術家に関わる多岐広汎な問題を、日記の自由な形式をかりて縦横に論考、警抜な逆説と示唆に満ちた表題作等評論全10編。

津村記久子著

とにかくうちに帰ります

うちに帰りたい。切ないぐらいに、恋をするように。豪雨による帰宅困難者の心模様を描く表題作ほか、日々の共感にあふれた全六編。

津村記久子著

この世にたやすい仕事はない

芸術選奨新人賞受賞

前職で燃え尽きたわたしが見た、心震わすニッチでマニアックな仕事たち。すべての働く人の今を励ます、笑えて泣けるお仕事小説。

蓮實重彦著

伯爵夫人

三島由紀夫賞受賞

瞠目のポルノグラフィーか全体主義への不穏な警告か。戦時下帝都、謎の女性と青年の性と闘争の通過儀礼を描く文学界騒然の問題作。

久間十義著

限界病院

過疎地域での公立病院の経営破綻の危機。市長と有力議員と院長、三者による主導権争い……。地方医療の問題を問う力作医療小説。

平野啓一郎著

葬送

第一部（上・下）

ロマン主義全盛十九世紀中葉のパリ社交界を舞台に繰り広げられる愛憎劇。ドラクロワとショパンの交流を軸に芸術の時代を描く巨編。

平野啓一郎著

顔のない裸体たち

昼は平凡な女教師、顔のない〈吉田希美子〉の裸体の氾濫は投稿サイトの話題を独占した……ネット社会の罠をリアルに描く衝撃作！

平野啓一郎著

日蝕・一月物語

芥川賞受賞

崩れゆく中世世界を貫く異界の光。著者23歳の衝撃処女作と、青年詩人と運命の女の聖悲劇。文学の新時代を拓いた2編を一冊に！

平野啓一郎著

決壊（上・下）

芸術選奨文部科学大臣新人賞受賞

全国で犯行声明付きのバラバラ遺体が発見された。犯人は「悪魔」。'00年代日本の悪と赦しを問うデビュー十年、著者渾身の衝撃作！

平野啓一郎著

透明な迷宮

異国の深夜、監禁下で「愛」を強いられた男女の数奇な運命を辿る表題作を始め、孤独な現代人の悲喜劇を官能的に描く傑作短編集。

小山田浩子著

穴

芥川賞受賞

奇妙な黒い獣を追い、私は穴に落ちた。仕事を辞め、夫の実家の隣に移り住んだ私の日常を夢幻へと誘う、奇想と魅惑にあふれる物語。

小山田浩子著

工場

新潮新人賞・織田作之助賞受賞

その工場はどこまでも広く、仕事の意味も敷地に潜む獣の事も、誰も知らない……。夢想のような現実を生きる労働者の奇妙な日常。

石井遊佳著

百年泥

新潮新人賞・芥川賞受賞

百年に一度の南インド、チェンナイの洪水で溢れた泥の中から、人生の悲しい記憶が掻き出され……。多くの選考委員が激賞した傑作。

山田詠美著　ぼくは勉強ができない

勉強よりも、もっと素敵で大切なことがあると思うんだ。退屈な大人になんてなりたくない。17歳の秀美くんが元気溌剌な高校生小説。

山田詠美著　ベッドタイムアイズ・指の戯れ・ジェシーの背骨
文藝賞受賞

視線が交り、愛が始まった。クラブ歌手キムと黒人兵スプーン。狂おしい愛のかたちを描くデビュー作など、著者初期の輝かしい三編。

山田詠美著　蝶々の纏足・風葬の教室
平林たい子賞受賞

私の心を支配する美しき親友への反逆。教室の中で生贄となっていく転校生の復讐。少女が女に変身してゆく多感な思春期を描く3編。

村田沙耶香著　ギンイロノウタ
野間文芸新人賞受賞

秘密の銀のステッキを失った少女は、憎しみの怪物と化す。追い詰められた心に制御不能の性と殺意が暴走する最恐の少女小説。

村田沙耶香著　タダイマトビラ

帰りませんか、まがい物の家族がいない世界へ……。いま文学は人間の想像力の向こう側に躍り出る。新次元家族小説、ここに誕生！

村田沙耶香著　地球星人

あの日私たちは誓った。なにがあってもいきのびること——。芥川賞受賞作『コンビニ人間』を凌駕する驚愕をもたらす、衝撃的傑作。

柚木麻子著
私にふさわしいホテル
元アイドルと同時に受賞したばっかりに……。文学史上もっとも不遇な新人作家・加代子が、ついに逆襲を決意する！　実録(!?)文壇小説。

柚木麻子著
BUTTER
男の金と命を次々に狙い、逮捕された梶井真奈子。週刊誌記者の里佳は面会の度、彼女の言動に翻弄される。各紙絶賛の社会派長編！

川端康成
三島由紀夫著
川端康成
三島由紀夫　往復書簡
「小生が怖れるのは死ではなくて、死後の家族の名誉です」三島由紀夫は、川端康成に後事を託した。恐るべき文学者の魂の対話。

橋本治著
「三島由紀夫」とはなにものだったのか
三島の内部に謎はない。謎は外部との接点にある——。諸作品の精緻な読み込みから明らかになる、〝天才作家〟への新たな視点。

D・キーン
松宮史朗訳
思い出の作家たち
—谷崎・川端・三島・安部・司馬—
日本文学を世界文学の域まで高からしめた文学研究者による、超一級の文学論にして追憶の書。現代日本文学の入門書としても好適。

新潮文庫編
文豪ナビ　三島由紀夫
時代が後から追いかけた。そうか！　早すぎたんだ——現代の感性で文豪の作品に新たな光を当てる、驚きと発見に満ちた新シリーズ。

愛《あい》の渇《かわ》き

新潮文庫　み-3-3

昭和二十七年三月三十一日　発行
令和二年四月十日　百二十三刷
令和二年十一月一日　新版発行
令和五年七月三十日　四刷

著者　三《み》島《しま》由《ゆ》紀《き》夫《お》

発行者　佐藤隆信

発行所　株式会社　新潮社

郵便番号　一六二―八七一一
東京都新宿区矢来町七一
電話　編集部(〇三)三二六六―五四四〇
　　　読者係(〇三)三二六六―五一一一
https://www.shinchosha.co.jp

価格はカバーに表示してあります。

乱丁・落丁本は、ご面倒ですが小社読者係宛ご送付ください。送料小社負担にてお取替えいたします。

印刷・錦明印刷株式会社　製本・株式会社植木製本所

ISBN978-4-10-105042-3 C0193